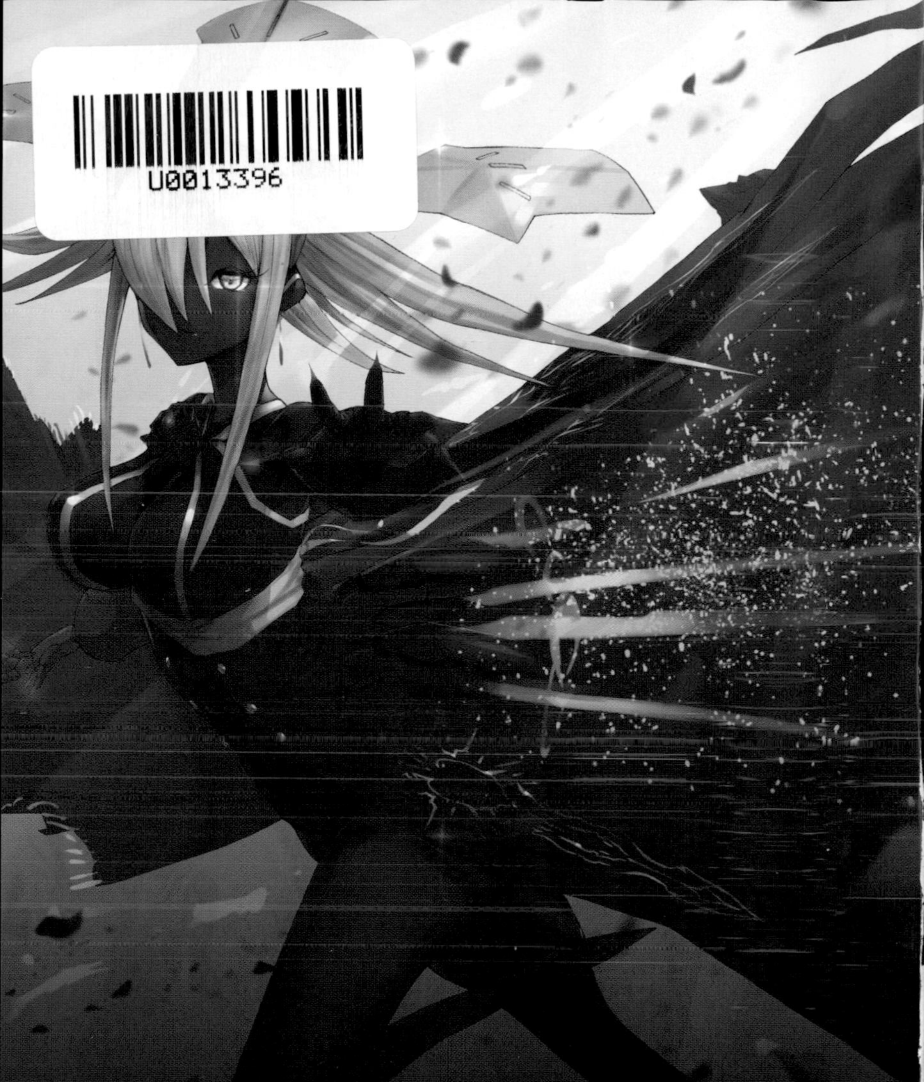

EIRUN LAST CODE

～自架空世界至戰場～

古斯塔夫·
布拉托夫
Gustav Bulatov
仁·長門
Gin Nagato
睦見顎
Agito Mutsumi

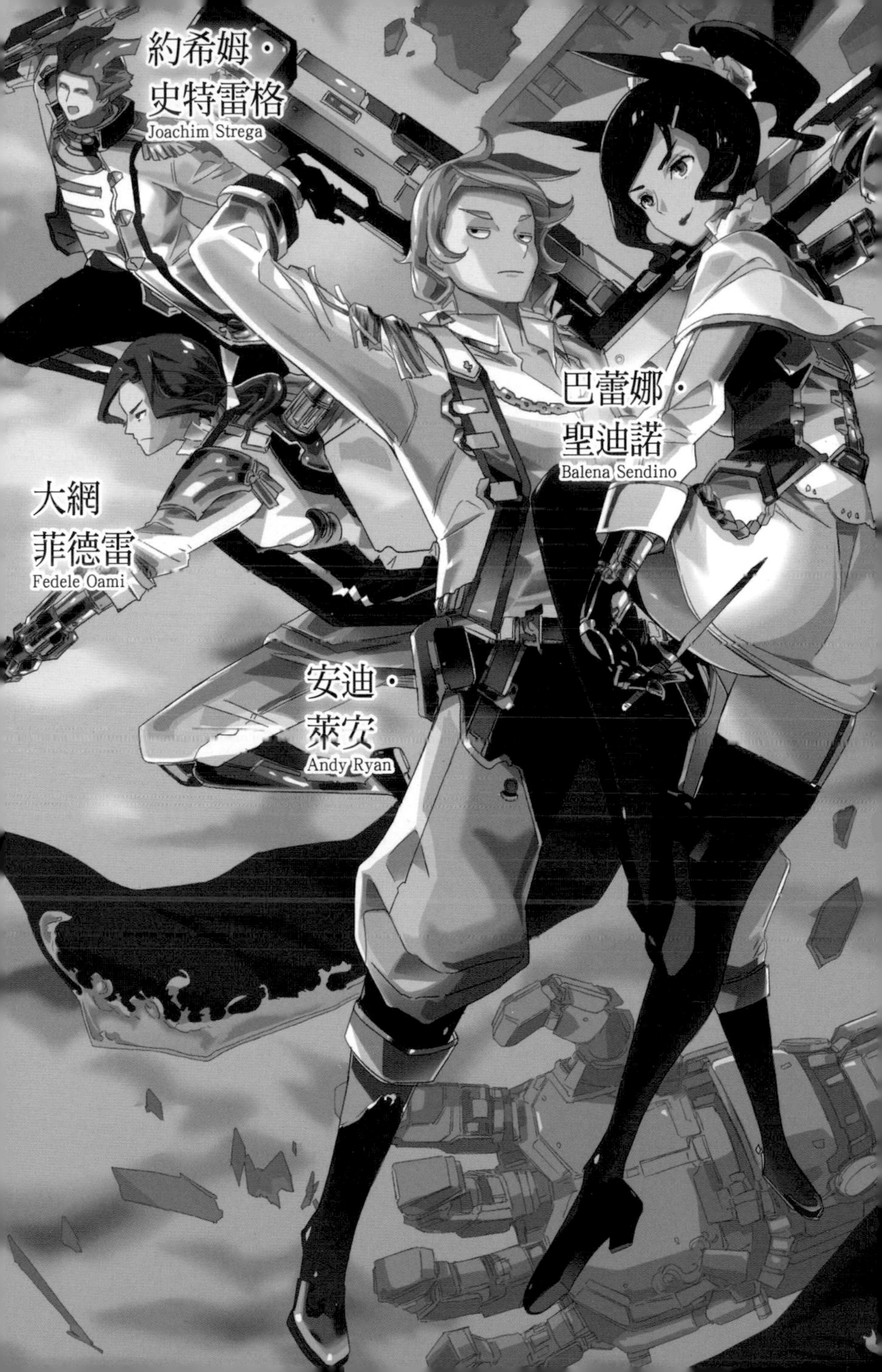
約希姆・
史特雷格
Joachim Strega
巴蕾娜・
聖迪諾
Balena Sendino
大網
菲德雷
Fedele Oami
安迪・
萊安
Andy Ryan

「陰帝！五號隊的大家
還要再追加五人份的炒飯，

除此之外還要豬排丼，還有飛鳥小姐要咕咾肉！
再來就是武藏先生想吃把鯖魚切碎的東西！」
大和做著料理，戀華則是身穿旗袍送餐。

『妳們！
是不想變回人類嗎！』

『仁說那是禁忌的研究！
既然如此我就要阻止它！』

Eirun last cod

Christian era 2063.
The human receives a surprise attack from a mystery
calle [Mariss] and is more than half a cen

CONTENTS

序章
003

I —— 黑衣救世主（messiah）
006

II —— 雙雄與動畫
038

III —— 夢之島
068

IV —— 安穩與目標
113

V —— 勇者與救世主（messiah）
144

VI —— 修羅與火山
186

VII —— 最惡劣的劇本
224

VIII —— 刻印
253

終章
284

→Mechanic
Elfina

→Mechanic
Elfina

8
東龍乃助
Illustration
Mikoto Akemi　汐山古埜
貞松龍壹
EIRUN
LAST CODE
～自架空世界至戰場～

序章

——我總是如此。

白銀人機仰望夜空，全身沉入傾斜的山脈表面。鋼鐵掌心上有個大洞，裡面的電路配線斷裂，洞內火花閃爍。

——直到人死後……才初次理解對方真正的價值。

少年在人機中茫然失措，後悔襲向胸口。

烙印在眼底的光景無數次地閃現回溯——

少女的身軀有如樹葉般飛舞，噴煙冒出將她裹住。

這是由砲擊發動的奇襲，瞭望臺有半數遭到轟飛，少女混在瓦礫堆裡倒落在地，其腹部染成一片赤紅，流出的鮮血在石板鋪面上漸漸擴散。

——為什麼沒辦法一次就學到教訓？為什麼沒辦法一次就讓事情結束？

《要向研究所請求醫療援助！現在是分秒必爭的局面！》

紅髮少年抱起少女，發足奔向室內。

少女當時的身影依舊停留在腦海中沒有消失。她將沾滿鮮血的手伸向人機，動著那張嘴就像要傳達某事似地……

——產生這種心情的人，應該只要有那傢伙一個人就夠了。

人機保持沉默。然而……鋼鐵二頭肌忽然膨脹。

——是因為我又……喜歡上的關係嗎？

人機的眼睛發出綠光，光線由綠轉紅。

巨大軀體從山脈表面抬起，沾上泥濘的白銀武士站起來。

人機用力將手水平伸出，長度足足有身高那麼長的大太刀有如受到召喚般收納至主人手中，尖銳的沉重金屬音轟響。

人機俯視鋼鐵軍團，那是群起湧入和平之島的篡奪者們。

白刃在暗夜中閃閃發光，象徵雙眼的紅光有如人魂般搖曳。

『連一個人……連一個人都別想活著回去。』

機內響起馬達聲，人機的促動器開始回轉，能源如同血液般開始循環。如今，白銀人機清醒了。

『你們這些傢伙…………………………全部殺光！』

少年發出怨恨聲音，化身為羅剎。

白色修羅降臨——屠滅千鬼。

I 黑衣救世主（messiah）

二〇七二年二月某日——南中國海。

「島」悠然地在藍色大海上前進著。

島嶼的尺寸足足有伊豆半島四分之一那麼大，周圍繞著鋼鐵巨壁。

那是全高有四十公尺、厚度有七公尺的要塞外壁。

外壁內有一大片鬧區與住宅區、幹線道路、鐵路、纜車等交通基礎建設，而且連演習場跟軍事設施都一應俱全。

這是將迎擊馬里斯此一概念放在心上建立而成的要塞型巨大人工浮島（mega float）。

前身為第二赫奇薩保管領土的富士人工島・別名【第二富士】。

第二富士來到中國・廣東省的附近。

同一天・八點・於冰室義塾・戰鬥科校舍。

會議桌排列成長方形的形狀，這裡是冰室義塾的其中一間會議室，少年與少女有如面對面般坐著。

他們是無差別馬里斯擊滅機構【euren code】的核心人物。

所有人都是一副疲累不堪的樣子。大家雖然都穿著駕駛員裝或是工作服，不過有人看起來像好幾天沒洗澡，也有人掛著黑眼圈。

一名身穿白色罩衫搭配西裝褲、身上披著蓬鬆羽絨外套的女孩站了起來，外表看起來頂多是中學生吧。

擔任司儀的陽葉茜「咳咳」兩聲清了喉嚨。

「呃～，那麼要先對大家說一聲……這一個月辛苦各位了！」

「「「辛苦了——」」」

所有人配合茜的問候低下頭。

「我還活著，虧我活得下來。」

在下巴留著輕浮系鬍子的少年・江藤山武感動地浮現淚水，藍色防護服上的泥巴變乾，化為硬塊。他也已經有整整兩天沒回自己家裡了。坐在輪椅上的少女接著說道：

「因為不只是馬里斯，恐怖分子跟海盜也跑來找麻煩，就連中國軍都對我們雞蛋裡挑骨頭呢。」

輪椅少女也就是八雲日向，用手輕輕托住單邊的臉頰。日向也是一副黃色防護服的打扮，徹夜未眠的她出席了這場會議。茜開心地向眾人搭話。

「好啦好啦！我想大家心裡都有很多想法，不過我們還是像這樣活下來了，所以結果好就行囉！明天就會抵達目的地、也就是明了！」

出席者發出歡呼聲跟掌聲。

「我想應該有人因為接二連三的戰鬥忙到快瘋了，所以先從確認現況開始。」

茜伸長簡報棒，所有人各自在面前啟動光學螢幕。

「吾等冰室義塾、也就是EIRUN CODE在攻下ＭＩ02目標後，於去年十二月二十四日正式簽字與日本政府分道揚鑣了。」

ＭＩ02目標是馬里斯兩大群生地之一。

冰室義塾去年參與了由英國主導的大規模作戰行動【極限突破計畫】，成功攻下人類心心念念的馬里斯群生地之一。

做為歷史性大勝利的代價——日本將第二富士——包括在內的所有人事物與資金——歸還給冰室財閥，同時將冰室義塾從防衛省的麾下除名。

「聽說會從英國派遣伊莉莎白女王接替迪絲特布倫的任務……哎，事到如今也不關我們的事了。」

另外，受日本政府所託的「國土防衛任務」也正式廢除。

冰室義塾改名為【EIRUN CODE】，展開了新的旅程。

「我們居住的這個要塞型巨大島——別名第二富士再次收容之前被送去本土的學生們後，朝七扇先生他們建立的赫奇薩共存國家·明展開了一場好遠好遠的遠洋航行呢。」

茜如此說明後，有著羽毛剪髮型的少年提出意見。

是雙條水久那，他穿著深藍色的防護服。

「到橫渡東中國海這邊為止是還好，不過進入東中國海後就累人了呢。」

「中國的傢伙們太血氣方剛了。舊·香港市居然遭到放棄，變成全世界壞人的聚集地，這種事我根本不想知道吶。」

跟山武同樣打扮的日系巴西人、前田奧爾森露出疲憊表情。

「是的，接著是我們 EIRUN CODE 的戰力分析。」

茜切換畫面，鄰人的圖片投影在所有人的螢幕上。

「現在第二富士保有的鄰人是迪絲特布倫與玄武兩機，在籍的鄰近者是坐在此處的賽蓮汀娜·安格畢司特務，以及雙條水久那隊長。不過把跟我方有合作關係的七扇大和先生與其鄰人明星也一起算進去的話，也可以說有三架鄰人吧。」

馬里斯中有皇后種這種母體存在。

這個皇后種有著無限生產馬里斯的特性，因此只要不打倒皇后種，就不可能阻止馬里斯侵略。

能夠攻略皇后種的巨大機動兵器稱作【鄰人】。

「接著是赫奇薩戰術的核心機兵部，其內部組成為普通部員的疾風共三十五機，砲擊支援用的巖流共二十一機，特別作戰班的亞賀沼部長他們的風神特裝型三機，總計是由五十九機與七十一名戰鬥科赫奇薩所組成的。」

「差不多可以算成一個大隊的規模呢。把實力也算上去的話，要說比過去的神無木大隊強也行唷。」

身穿士官服的黑長髮少女·九重紫貴如此補充。

「……是嗎？呵呵。」

一身紅色防護服打扮的一之瀨葵做出開心的反應，她是一名留著中長髮的褐髮少女。

茜繼續說明。

「接著是特別試作機葵學姊的鬼燈·炎一號，伍橋·八雲兩位隊長的格蘭二號與格蘭三號。以及做為格蘭二號（拳擊手）追加武裝套件的格蘭一號，還有輔助駕駛員伏見部長。以單獨任務為主的諸位王牌駕駛員的這三機。」

「小茜！鳳凰可不是零件唷！」

眼鏡巨乳瘋狂科學家·伏見飛鳥發出聲音。她一副奇裝異服的打扮，在無袖背心上又搭配了白色實驗衣。茜無視了這樣的飛鳥。

「再加上第二富士本體的戰力。與 EIRUN CODE 命運與共的前自衛隊隊員們，還有冰室財閥準備的私兵，兵力大約是一萬人。」

「聽到他們肯過來時我都要爆淚了呢。」

「有很多傢伙因為家人跟親戚變成赫奇薩，而想要分配到第二富士這裡吶。」

山武感動之際，亞賀沼大地也出言應和。他是留著金髮和尚頭的少年，也是機兵部的部長。他也同樣一身是泥。

最後，茜比向位於上座的一名少年。

「接著是我們的招牌，擊敗國王種的超級偶像——艾倫·巴扎特總隊長與其愛機艾菲娜·倫音列瑟。」

所有人拍手鼓掌，少年艾倫·巴扎特惶恐不已。

他穿在身上的西洋軍服跟超人氣機器人動畫【玩偶·華爾茲·鎮魂曲】劇中出現的設計如出一轍，應該說連容貌本身都忠實地遵照著動畫配角【艾倫·巴扎持】的外表印象。

這也是因為艾倫並不是這個世界的居民。他是來自異世界的戰士，但不知為何在這個世界裡卻被認知成動畫角色。

如今他設籍於 EIRUN CODE，為了根絕馬里斯而助一臂之力。

「幸好能在不受到大損害的情況下來到這裡，這全是託各位辛勤工作的福。真的是辛苦大家了。」

茜用感謝話語做總結。

「EIRUN CODE 無敵，切碎敵人丟出去，眼鏡蛇固定技風暴。」

坐在艾倫隔壁如此說道的人是賽蓮汀娜．安格畢司。

她有著一頭金色長髮與淺藍色眼眸，身穿黑與白的駕駛員服，胸口因為壓倒性的爆乳而撐得鼓鼓的。

接著知性帥哥田中榮太郎推了推眼鏡的鼻橋。他的士官服乍看之下雖然漂亮，腋下那邊卻鬆鬆垮垮的。

「的確，因為讓人不由得同情敵方的場面也不在少數呢。」

會議室裡流動著開朗氛圍。

有一個老婆婆在會議桌略遠處旁聽。

她是管理第二富士與 EIRUN CODE 的最高負責人．冰室雷鳥。現在她把自己裹在毛皮大衣裡，看起來很冷的樣子。

「靠半吊子的武力要打倒現在的我們，就算倒立也做不到吧。毫不護短地說，第二富士這裡集結了可以興起戰爭的戰力。」

雷鳥拿出口香糖含入口中，目前她正在挑戰第二十三次的戒菸。

「不過反過來說，有這種傢伙在海上漂浮橫渡，就算有國家嚇破膽派軍隊過來也不足為奇。不可以忘記EIRUN CODE（我們）就是這種炸彈唷。」

雷鳥如此說道後，茜進入下一個話題。

「校長漂亮地做了總結，所以接下來是之後的預定行程。吾等第二富士抵達陽江後，就要立刻進行補給作業。」

艾倫他們接近位於中國廣東省一帶的陽江領海附近。一旦抵達陽江，亡命目的地明就近在眼前了。

「戰騎裝也是戰鬥連連，所以整備部那邊也提出要求，希望能趁這個時候徹底進行檢修。從明天中午開始七十二小時內無法進行實機訓練，請各位注意。」

「好了，我們這裡還不能休息唷！」

瞇瞇眼工程師・橘柔吳拿掉工作手套揉了揉臉龐，他的工作服滿是髒汙黑成一片。

「呵呵，請加油囉。」

日向溫柔地向這樣的柔吳搭話，那是妻子慰勞辛苦丈夫的表情。順帶一提，兩人是已經締結婚約的關係。

「在這個節骨眼上，明優先接收了非戰鬥員與第二富士的平民。好，那麼大家向明的親善大使鼓掌。」

茜用隨便的態度將手比向一名少年，有幾個人零零落落地鼓起掌，葵甚至還打了一個呵欠沒望向那邊。

最近改變髮型的七扇大和立刻向他們表示抗議。

「為何輪到我的時候就是這種待遇啊!?其實大家很討厭我嗎!?」

七扇大和——以公家嫡長子的身分誕生，接受最高等級的菁英教育長大成人。變成赫奇薩前是以神童之姿在媒體上造成轟動的名人，此外也是鄰人七號機明星現在的適任者。

一年半前發生了雷鳥失勢、冰室義塾瓦解的困境。在這段期間中，大和擊退了聯合國軍的追擊，最終赤手空拳地在中國建立起【明】這個國家。

在聚集於此的規格外十名數字（ten number）中，可以說他留下的功績最大。

大和不悅地雙手環胸，一句「哎算了」重新坐了回去。

「趁這個機會我想問一件事。」

大和將視線移向坐在隊長席上的艾倫。

「你對這個組織、EIRUN CODE 具體上想要怎麼做？」

EIRUN CODE 的司令官雖是雷鳥，實際上大部分的時間似乎都是交給艾倫負責掌舵的。大和看透了這一點，在這個前提上提出問題。

「極限突破計畫後，就算出航來到海上，戰鬥也依舊持續著吶。既然締結同盟，我就有必要好好地理解你的想法，因為我得把那個想法帶回國報告吶。」

大和在這裡的地位很特殊。說到底大和畢竟是明國大使，同時也是客將。艾倫做出思考的樣子，然後立刻開口答道：

「我們是『不隸屬於任何國家，四處奔走打倒馬里斯的武裝組織』……基本立場就是如此。」

艾倫有如斟酌字句似地回應。

「一視同仁、不被任何人束縛，只要有人提出要求，就會用武力鎮壓馬里斯。當然，這其中也包括人道介入在內。」

「呃……換句話說是什麼意思？」

「簡單地說，就是專門對抗馬里斯的傭兵部隊吧？」

葵頭上浮現問號後，紫貴用淺顯易懂的方式向她說明，艾倫露出苦笑。

「就是這樣。既然自稱是民間軍事公司（P.M.C），會收取酬勞就是了。」

葵有如理解般表情一亮，然而提出質問的大和卻潑出一桶冷水。

「既然如此，就跟櫻之劍做的事情是一樣的吧？」

艾倫表情一僵，大和繼續用打量般的視線說道：

「不但影響力跟規模都壓倒性地小，也無法抹消炒冷飯的印象吧？這樣有存在的意義嗎？我想到什麼就說什麼了，抱歉囉。」

大和這番言論讓氛圍頓時變得沉重，葵擺出要找人吵架的態度站起來。

「啥？七前輩你是在貶低隊長嗎？我可以扁你嗎？」

葵掐響拳頭出言恫喝。

「現、現在真正的冰室夏樹……仁・長門的所作所為完美無缺。」

大和彷彿充耳不聞地重整態勢。

「這一年人類有四千萬人慘遭殺害，其原因無疑是聯合國的腐敗。對赫奇薩進行隔離管理，成功地將馬里斯的侵略限制在特定區域內……到這邊為止就算他們做得好吧。不過在那之後，有一部分的國家利用馬里斯跟鄰人謀取好處。末期者出現後，瓦萊塔條約也變得名存實亡，有過半數加盟國都對此抱持反感。有多少就得供奉多少，卻無法受到保護，這樣當然會生氣囉。」

所謂的末期者，就是指出現在世界各地「變成馬里斯的人類」。

牠們擁有不在四百個小時內停止生命活動、就會成長為皇后種的性質。另外因為此種的出現，馬里斯的襲擊數量也大幅上升至過去的八倍之多。

「還有比任何事都不能原諒的就是，他們隱瞞鄰人的機能，將我們改造成赫奇薩的行為。而且還操控民意帶出迫害赫奇薩的風向，最終造成現在這種局面，就算要替那些傢伙辯護也已經是不可能的事情了。」

鄰人具有將特定人類變成赫奇薩的機能。

舉例來說，就是鄰人會製造赫奇薩。然而聯合國（UN）卻長時間隱瞞這個事實，向全世界散布謠言說赫奇薩是原因不明的疾病。

大和對此感到強烈的憤怒。

「相較之下，櫻之劍與仁・長門——」

從玩具・華爾茲・鎮魂曲的世界前來的人不只是艾倫。

身為主角的仁・長門也來到了這個世界。

「那些傢伙以保護赫奇薩為優先而行動，與聯合國是敵對關係，對於不進行談判的國家則是採取武力強行救出被囚禁的赫奇薩。」

仁組織私有軍隊【櫻之劍】，目前為了拯救全世界的赫奇薩而活動著。

「在全世界鄰人數量壓倒性不足的現在，有必要盡快將赫奇薩集中至同一個場所。」

大和用手扶住自己的下巴。

「馬里斯兩大群生地之一的ＭＩ02目標已經攻陷，如今只剩下ＭＩ01目標……只要將赫奇薩放置於能夠有效率聚集馬里斯的場所，並且將防禦集中至同一點，就能防止馬里斯擴散至世界各地。本來在現況下，可以說全世界都應該頂禮膜拜幫忙那小子才對。」

「關於此點我的意見也一樣。自從櫻之劍正式展開行動後，雖然只是一部分的國家，馬里斯侵略的情況還是大幅減輕了……甚至有傳聞表示他就是救世主（messiah）。」

茜也同意大和的見解，用瀏海遮去左眼的美女伍橋月下開了口。

「意思是就算說櫻之劍是要排隊才吃得到的拉麵店也不奇怪嗎？」

她一身綠色防護服打扮，其左臂是鋼鐵義肢。大和整合了這段對話。

「維持正義的明顯是後者，然而聯合國卻妄言要打倒櫻之劍，從疲憊不堪的加盟國搜刮兵力。會想要早早擊潰這種白痴平定世界也不是不能理解。」

聽著話語的田中點頭表示同意，也有好幾個人在內心表示贊同。

「如果你自己沒有明確的答案，那我覺得 EIRUN CODE 應該跟櫻之劍會合才對。比起扮演半吊子的正義使者，這樣做要合理多了。」

艾倫反芻大和那句「合理」的話語後，下意識地發出笑聲。

「的確，正如你所說。那傢伙總是對的，既有效率又合理……因此上下關係也很強烈，所以需要我們這種中立者存在。」

聽到這段話後，葵跟賽蓮歪頭露出不解神情。

「有人就算道理擺到眼前也無法選擇正確答案，也有人因為狀況而無法求助吶。」

艾倫如此說道後，嚼著口香糖的雷鳥插嘴說道：

「根據經驗，愈是作威作福的高位者，就愈是聽不下別人的忠告。在討論正不正確之前，情感就會先一步大吵大鬧。自尊心會殺人這件事是全世界共通的情況吶。」

「而下面的人卻要被這種蠢蛋的決策拖下水一起共赴黃泉嗎？」

月下用無言表情表示同感，艾倫說道：

「『不得不服從聯合國』或是『在立場上無法向櫻之劍求援』……就算是為了處在這種夾縫中困擾著的人們，我們也有必要存在。我覺得仁也明白這件事，所以才會承認我們的存在。」

大和聽著話語，卻是一副想偷笑卻要忍住的模樣。水久那厭惡地提醒這樣的大和。

「明知故問真是壞心眼耶。」

「我有必要進行確認，而且讓在這裡的傢伙好好明白領袖是怎麼想的比較好。不然的話，在緊要關頭時扣扳機會變遲鈍的。」

有幾個人以這句話為契機而有所察覺，紫貴咒罵了一句「真讓人不悅」。

他們察覺到大和與艾倫的對話是一種體貼，其目的是為了讓隊員們跟艾倫的想法磨合。艾倫對大和說道：

「七扇總是很幫忙呢。」

「別在意，因為某人身邊全是高喊ＹＥＳ的傢伙嘛。」

紫貴氣呼呼地望向大和。另一方面，艾倫一個一個環視同伴們。

「好，有人還有其他的問題嗎？沒有的話，簡報就到此結束。」

艾倫站起來，手扠在腰際，有如帶隊的教師般如此說道。

「從一三〇〇開始以B警戒待命，明天在陽江入港後輪班休息，想去明觀光的人別忘了提交外出申請書……那麼，這個月真的是辛苦大家了！」

隊員們發出歡呼。艾倫開心地眺望這副模樣，一邊開始收拾資料。然後，旁邊有人發出聲音搭話。

「艾倫先生，之後可以占用您一些時間嗎？」

艾倫望向旁邊表示，「怎麼了陽葉？」

「進入明之前，我想先問問仁・長門的事情。」

西元二〇七二年——人類與【馬里斯】開戰了。

被馬里斯奪去的生命多達十億，和平二字從地球上消失，就這樣過了半世紀以上。人類被逼入絕境之際，有兩樣事物支持著他們——那就是活祭品跟武器的存在。將優先被虐對象【赫奇薩】關在一個地方集中管理，刻意限制馬里斯的侵略範圍。

用赫奇薩引來馬里斯後，再用馬里斯戰專用決戰兵器【鄰人】殺掉牠們。

人類為了存活，把赫奇薩當成誘餌不斷利用著。

然而，馬里斯的侵略卻變激烈了。

二〇七一年出現世界性流行病(pandemic)【末期者(too late)】。

開始出現異變成馬里斯的人類。

襲擊次數變成過去的八倍，一年有四千萬人被吃掉。

地球上無處可逃時，有兩人對這樣的人類伸出援手。

艾倫．巴扎特跟仁．長門。

如今，世界即將以這兩人為中心掀起風暴。

十三小時前──中國．北京市。

大約是艾倫等人來到明附近的半天前，中國出現一場強震。

中華軍民共和國．中央軍民政府【北京城】。

在中廣身材上裹著中國軍服、以蓮霧鼻跟眼鏡為其特徵的中年男性說道：

「你這傢伙……給我再說一次！」

中華軍民共和國大總督．王黃龍嘴角冒出白泡。桌上飄浮著光學畫面，畫面中映照著一個青年。

『嘖，這次給我記好，沒有第三次囉。』

站在旁邊待命的書記官背脊發涼，通訊另一頭的青年對中國全土支配者發出咂舌聲。青年也就是仁．長門用桀驁不馴的態度繼續說道：

『我們櫻之劍的要求有三。一是……六小時後我要前往延慶保管領土，事先做好準備，把收容在那邊的十五萬名赫奇薩引渡給我。』

仁戴著墨鏡身披黑衣，在食指後接著豎起中指。

『第二，完全解禁鐵礦石跟原油的輸出。把你們吝惜的鐵跟油散布到全世界。』

書記官這次驚呆了。中國嚴格限制鐵礦石跟石油輸出長達六十年以上，而仁卻要中國解除這項禁令。

「究竟以為我是誰！你曉得嗎？仁．長門！」

王總督發出激動的吼聲，仁無視這個反應接著說「第三」。

『關於對本大爺造成一大堆麻煩的這件事，誠心誠意地說「抱歉造成困擾，我以後再也不敢了，請原諒我」……就這樣。』

「區區恐怖分子！居然敢愚弄本人嗎！」

『用YES或是NO來回應。還有，不答應的話，我會動用武力強迫你吞下這些要求。』

仁抬起高挺鼻子，用居高臨下的態度撂下狠話。

『這是充滿慈悲的事前談判，給我做出聰明的決定。』

王總督暴怒，向櫻之劍傳達徹底抗戰的意向——

現在時間是十二點，曉的艦內。

艾倫等人轉換場所，來到艦內的咖啡外帶店。

「說到仁啊，先不論是好是壞，總之是個自尊心很強的傢伙吶。他做事喜歡大張旗鼓，會用去附近買個東西的感覺，去做規模大到連想都沒想過的事情。」

「就看過動畫後的感覺來說，是有給我這種印象……實際上的人格特質也是如此啊。」

艾倫跟茜面對面坐在六人座上。葵跟賽連擅自跟過來坐在艾倫兩邊，茜身旁則是坐著紫貴。

紫貴把長條形糖包倒進咖啡裡。

「那種世紀級別的大爺角色出現在現實裡，全世界都會亂成一團呢。」

「已經亂成一團了吧。」

葵如此說道，滋滋滋地啜飲熱咖啡歐蕾。

同一天・同一時刻——中國・北京市。

就算在北京市裡，延慶區也是保留許多自然景觀的地方。城牆通道有如長蛇般在山脈上延伸，被山林圍住的這個場所中，有著中國最大的赫奇薩保管領土。

中國赫奇薩保管特區【延慶保管領土】。

收容的赫奇薩共計超過十五萬人，是自古以來就存在的保管領土之一。從行政區北京一直到上海，主要都市附近的馬里斯都會被引來延慶這裡。

延慶保管領土是浮在湖上的監獄，占地面積相當於十二個東京巨蛋。湖泊擔任著天然圍牆的角色，其方圓五十公里內駐紮著中國軍隊。

自從仁提出聲明後就發出緊急指示，如今──

北京城也派來增援，有四萬名中國正規軍集結至此地。

「敵襲──────！」「是敵襲──────！」

「究竟是怎麼做到這種事的？」

負責山岳警備的斥候步兵喃喃自語。在他周圍，士兵們正急急忙忙地準備迎擊。在五分鐘前，延慶一帶還沒有友軍機以外的任何反應。

然而……卻突然出現了四架分量的未確認機體反應。

反應種類──────【鄰人】。

「國境的警備呢？是用了什麼手法才做到這種襲擊的？」

斥候步兵看著雷達表示困惑。敵機的反應在轉眼間不斷增大，於鄰人之後，戰騎裝的反應也陸續出現在戰域上。

櫻之劍無聲無息地出現，召喚出軍隊。

年輕斥候兵再次望進雙筒望遠鏡。

「這些傢伙是惡魔，打不贏的。」

天空烏雲密布之下，漆黑魔人雙手環胸俯視中國軍。

隊員們聚集至艾倫桌邊。艾倫一邊苦笑，一邊告訴大家仁的為人處事。

「再來就是他做事面面俱到吧。就算曉得是必勝的戰役，他也會留下好幾手暗招。只要開局失利，那一切就為時已晚了，要做好當沙包的心理準備才行。」

「真沒有主角風範呢。」

「討厭那傢伙。」

茜跟賽蓮口吐怨言，艾倫再次苦笑。他不願讓他人對戰友印象不佳，因此也有好好地出言緩頰。

「不過他的凝聚力可是貨真價實的唷。無關身世或是軍隊背景，人們會自然而然地聚集在他身邊。除了我之外，也有許多強者跟在他身後喔。」

延慶保管領土・青龍區域。

延慶保管領土被外壁覆蓋，大致可分為四個區域。東西南北各有一道城門，在構造上不從那些城門進去就會無法入內。

其中一道門——青龍門被擊破了。

在四片蝙蝠翅膀包裹下，大惡魔鄰人有如滑行般現身。

那是鄰人15號機【亞蒙】——是由規格外十名數字（ten number）‧惡魔之六、睦見顎所駕駛的鄰人。

亞蒙著地，同時揮舞兩柄槍劍。八咫鳥的劍刃斜向切垮兵舍，左手的槍劍射出兩發榴彈破壞另一棟兵舍。

『把赫奇薩收容在內部區域的構造真是幫大忙了，光是這樣大鬧一場就覺得自己有在工作呢。』

亞蒙的側臉因槍火而發出妖異光彩。這是完美的奇襲，六顆眼部攝影機陸續鎖定兵舍，亞蒙在眾步兵出擊前就將戰力一一無力化。

就在此時，戰車砲擊向亞蒙的右肩。一片翅膀自動擋下砲彈，亞蒙的瘦長身軀大大地搖晃。

『嗚……約希姆，雖然還有點早，不過拜託你了。外野交給你負責。』

同一時刻──赤龍陸軍基地。

那兒是中國陸軍駐紮地之一。山上被挖開，鋪了水泥的機甲兵團升空基地就在那邊。

如今，赤龍基地正警報大響。

戰車、自走榴彈砲、戰騎裝，還有機甲部隊陸續出擊。

就在此時……一共有十四座的兵器格納庫──其中兩座被飛彈擊中。

兵器格納庫爆炸，燃起熊熊大火。以此初擊為始，飛彈開始接二連三擊向赤龍基地。

步兵趴伏在出擊跑道上。望向頭頂後，眾步兵臉色發青。

「這架機體……聯合國軍的鄰人為何會！」

那是在馬里斯戰中唯一能確立制空權的天空支配者。

鄰人18號機【梅奇賽德克】──從聯合國軍那邊搶來的月之聖者。

在新月飛行套件的推動下，梅奇賽德克悠然地在天上行進。

『瞭解。約希姆‧史特雷格從現在起開始外圍戰力掃蕩作戰。』

梅奇賽德克以相同間距從背部投下某物，掉下來的是燒夷彈。

梅奇賽德克將眼底那些格納庫一一加以破壞。

『阿道夫，裡面如何？情況許可的話，會提早七分鐘結束掃蕩戰。』

同一時刻——延慶保管領土・朱雀區域。

老軍人登上螺旋狀階梯。他一身部隊服打扮，手上拿著手槍，還有軍靴配上戰術背心，鼻子上有條大大的刀疤。特殊部隊的隊員一個接著一個追過他的身後。

他是前鄰人5號機運用主任，阿道夫・巴爾默。阿道夫一邊跟梅奇賽德克通訊，一邊更換手槍彈匣。

「不需要。朱雀跟白虎區域就由我跟學員們想辦法處理。別被擊墜唷，對空兵器差不多要出場了。」

『上校真溫柔，我也想當5號機的適任者。』

『哼哼——！可以的喔約希姆！上校雖然老是擺出一張臭臉，內心卻總是熱血沸騰呢！明明已經六十四歲了說！好悶熱真討厭！』

少女的聲音插入通訊。阿道夫將手槍收進槍套，換拿後腰的自動小手槍。

「蕾娜絲，注意不要私下聊天。白武壓制得如何？」

『那邊已經結束了，不過很累人呢！跟上校預料的一樣，放了一大堆自爆用的炸彈唷！』

阿道夫在心中發出咂舌聲。如果可以的話，他想親自處理這件事。

「讓洛比安去解體。太大的話，要用遠端操控拆除也行，妳去支援疏散。嚴禁使用拜森的重力子。顎，有在聽吧。」

『瞭解。哎，那邊也會想辦法解決的。』

阿道夫切斷通訊，來到門扉前方。部下們已經配置在門扉左右兩邊了。其中一名部下無言地點頭，阿道夫猛然將門踹破。

阿道夫等人的槍口一起噴火。

隊員們熱心地聽著艾倫說話。

他們擅自挪動店裡的桌子，併到艾倫的座位那邊。最初艾倫有出言告誡，不過店長卻給了許可。再加上現在是包場的狀態，所以變成了一場小小的座談會。

「那個煎餃會談是實際發生過的事啊。」

以紫貴為始，所有隊員都吃驚地闔不攏嘴。在艾倫公開真實身分後，所有人都看了玩偶．華爾茲．鎮魂曲。

艾倫親口說出本編劇情的真偽。

「四星的命運是在鄉下拉麵店決定的……總覺得很討厭呢。」

「雖然鄰人也是實打實的犯規兵器，不過愛麗絲跟格林是不同次元的呢。」

在附近的兩人座上，大和跟水久那流下冷汗。

順帶一提，愛麗絲指的就是主角仁搭乘的愛機【亞芳愛麗絲】。

格林指的就是第一期最終頭目——厄斯坦尼亞王製造的——【格林甘特】。

艾倫就像這樣是當事者，所以想起當時的狀況不禁露出笑容。

「像是整個銀河以他為中心轉動著呢，那傢伙真是一個很厲害的小子吶。」

山脈表面被挖下，戰車跟戰騎裝的殘骸散布各處，而魔人則是飄浮在上空處。

黑色機體上刻劃著極大量的舊傷，不祥外形就像是將力量本身實體化似的，它就是鄰人０號機【亞門特】。

是仁的愛機，也是破壞時間與距離障壁的人造之神。

亞門特的駕駛艙內沒有座椅之類的東西，仁雙手環胸一夫當關地挺立著。他現在不是平時的黑衣裝束，而是穿著櫻之劍的隊服。

駕駛艙螢幕上正在跟北京城通訊中。

『到此為止了！櫻之劍！』

王透過影像通訊放聲大笑。

『你觸碰到本人的逆鱗了！顫抖地看向**那個**吧！』

仁立刻集中意識，亞門特的肩膀浮出魔法陣。

隨即，上空降下紅光。光砲雷雨被防護罩彈開，撒落至地面。

亞門特正下方發生大爆炸，殘骸與遺骸都一起被轟飛。

仁的駕駛艙螢幕擴大顯示一個場所。

收音麥克風攔獲地鳴聲響，每次震動都有鳥兒從森林的樹上飛走。

映照在駕駛艙螢幕上的是，比山還要巨大的雙頭龍。

是廣域殲滅型鄰人・3號機【大太龍】——中國保有的鄰人。

『只要吾等手中有大太龍！就不會讓你為所欲為！』

仁連一眼也沒有望向王，朝另一個地方發出通訊。

「敵人投入重點戰力了。巴蕾娜、古斯塔，你們去對付。」

一機在山脈表面高速行進，六根有如昆蟲般的多足削去山脈。

它是「巨大捲貝」，有著捲貝長出許多腳的外形。

『仁那傢伙！就算我的沙羅曼迪奴很堅硬也沒這樣搞的吧！』

鄰人19號機【悠陽拾型】——是仁的親信、巴蕾娜・聖迪諾的機體。

這架悠陽拾型也沐浴在大太龍的砲擊之下。

紅光有如穿刺般鑽向貝殼表面。光線一接觸外殼，就在上面留下焦痕，然後被彈開。

『就算要讓我進行敢死攻擊，在更近一點的地方放我下來不行嗎！』

多足貝殼在林道上飛奔，掃倒樹木，一邊閃避砲擊一邊朝巨龍的身軀前進。

悠陽高速奔馳，上面還攀附著另一架鄰人。

『要閃開啊巴蕾娜！就算悠陽沒問題，我的猿王可不會沒事喔！』

那是猿臉人機，有著猴子尾巴跟穿上鎧甲的外形，讓人聯想到西遊記裡的孫悟空。

鄰人4號機【猿王】——是出借給俄羅斯恐怖分子古斯塔·布拉托夫的多用途人型鄰人。發生在附近的爆風搖晃悠陽，巴蕾娜怒道：

『古斯塔！別老是把工作推給別人去做，你自己也做些什麼吶！』

猿王在貝殼上做了一個空翻，在悠陽背上舉起白兵戰棍棒展露棒術。

悠陽一邊甩尾一邊奔馳，猿王則是在它背上揮舞棍棒掃開光束。

大太龍的赤紅砲擊被悉數擊落。

『這樣就能勉強擋下攻擊！不過！事實上還是很難熬！喂義大利人（傻瓜伊萬）！安迪是在幹麼！』

在破壞豪雨中，兩架鄰人朝巨龍突進。

座椅型駕駛艙裡坐著一名身穿駕駛員服的少年。

駕駛員服是以藍色為基調，上面有黑色線條。露出的肌膚是黝黑的，頭髮則是染成金色。就日本人的感性而論，會產生這個人很輕浮的印象吧。

少年擁有日系五官，因此經常遭到誤解，不過他的膚色跟頭髮都是天生的。

「是躲去哪裡了吧。如果是AGF的裝甲，吃下攻擊受到的損害會比猿王還大吧。」

這名少年，菲德雷・大網也是鄰人的適任者之一。

「還有古斯塔先生，差不多可以別用那個稱呼了，聽起來很不爽吶。」

菲德雷切斷與古斯塔的通訊。做為代替，他接通了跟另一名駕駛員的通訊。

「喂安迪，那個老頭很囉嗦，快點動手。」

『住嘴，別對我的優先順序插嘴。用不著你這種貨色提醒，我也會打出最高分的。』

「是嗎？那就快點行動。」

菲德雷感到無趣地切斷通訊。

同一時刻——黃龍陸軍基地。

數小時前中國空軍將援軍送入這座駐紮基地，主要是戰鬥機跟可以飛行的戰騎裝，以及其他對空砲等等的重型火器。

一般的對馬里斯戰幾乎都會是地面戰，然而這次為了準備櫻之劍來襲，決定也要導入飛行戰力。

戰騎裝排列在飛行跑道上，其背部裝著讓人聯想到滑翔翼的飛行組件，全部一共是十四架。他們是接到命令要去擊墜梅奇賽德克的部隊。

先行的四架機體滑行至跑道上，巨大輪胎（road wheel）冒出白煙，滑翔翼的噴射孔噴出火焰。

就在雙腳即將離開地面之際……光線筆直地貫穿一機的背部。

半秒鐘不到，那架戰騎裝就發生爆炸，周圍的三架機體也被捲入爆炸之中。

『是狙擊！』『究竟是從哪裡開火的!?』

殘留在地面還沒出擊的十架機體高聲大叫，在這段時間內謎樣狙擊依舊持續著。

魔彈斜向撒落，戰騎裝被刻下彈痕陸續爆碎。飛行跑道因戰騎裝爆炸而燃起熊熊大火。

而且謎樣狙擊擊穿了黃龍基地的格納庫之一——炸藥指定保管倉庫。

發生了跟先前完全無法相提並論的大爆炸——

一架多用途人型機透過狙擊鏡眺望這副模樣。

它潛身於密林中，跟牛仔帽一體化的頭部設計很有特色，機體顏色是午夜藍。

眼部攝影機閃出一道光芒。

鄰人6號機【AGF31】。

十八公尺的狙擊手用蹲姿拉動長距離狙擊槍的砲身拉桿。

『戰車六臺．6分。戰騎裝十四架．42分。對空砲三座．9分。炸藥保管倉庫一棟．20分。將基地無力化50分。好，所有目標清除(stage clear)。啊啊，我今天也是完美無缺嘛，所有進展都跟我想的一樣。』

砲身彈出跟油桶一樣大的彈匣，AGF將狙擊裝轉向完全不同的方位。

『……我明明這麼完美的說，太多人不懂我的價值了，這些傢伙根本沒有存在的意義嘛。特別是古斯塔跟菲德雷。為什麼仁要把這種粗製濫造的貨色放在身邊呢，明明有他們在只會礙事的說——咕噥咕噥。』

其狙擊鏡對準從山上凸出的巨龍頭部。

『別煩躁吶。好，那個就設定成兩百分吧。』

座談會仍在進行中，大和一人暫時離席。移動至入口那邊後，他打開通訊器。

（緊急熱線？）

那是明傳來的通訊。

大和立刻走出店內，躲進男廁的個人間。

接通通訊後，光學畫面上映照出中華美女，她臉色大變地喊道『陰帝！』

「喂國家元首，說過多少次了，這是超重要的祕密線路別像打電話般亂用——」

『所以我才打的啊！大事不妙了！北京那邊的小隊傳來聯絡，櫻之劍正在跟中國軍進行大規模戰鬥！』

大和視線定在同一點，表情嚴峻地表示「說清楚」。

II 雙雄與動畫

全高八十四公尺，包含尾巴在內全長有二百六十七公尺，總重量為八萬噸。

人稱史上最大的【大和型戰艦】化為龍形在陸地上昂首闊步——用這種方式形容好嗎？除了適任者外，總搭乘組員人數有二百七十名。

3號機【大太龍】以鄰人規格中最大的尺寸為豪，需要許多人手進行操縱、系統管理，以及火器管制。

由大太龍動手的話，只要用一隻腳就能踩扁古斯塔的猿王。

就算跟巴蕾娜的悠陽拾型相比，也有卡車跟三輪車之間的身長差距吧。

即使如此，兩架鄰人依舊繼續朝巨龍突擊。

就算受到損傷，悠陽拾型還是朝大太龍前進著。六隻腳在山坡上前進，樹木被貝殼壓扁轟飛。

其背上站著猿臉人機——猿王。

『騎起來感覺不差呢！乾脆從仁那邊換到我這兒吧！來我房內的話，我也會替妳確認騎乘感的喔！只不過騎在上面的人是我吶！』

『誰要跟你這種大叔……好了快去吧！看到頭囉！』

多足貝殼從山崖飛出，山脈就在眼底，大太龍巨大的胸部裝甲就在山峰處，龍頭就在遙遠的正上方。

『很囂張嘛！3號機！』

古斯塔發出類似慘叫的吼聲，猿王同時飛出，用剛彈般的跳躍衝向一顆頭。那顆頭在口腔內部蓄積紅光，眼看著就要降下破壞之雨，其鎖定的目標為悠陽拾型。

口中光芒達到臨界點的瞬間，猿王從正下方向上揮出棍棒。

『你吃下這招吧！』

龍顎被向上撩起，大太龍嘴巴爆炸，應該要吐出的能量在口腔內部爆發了。

另一方面，反方向的頭朝猿王移動，試圖咬裂正要開始下墜的猿人。

『嚯──啊喳啊啊啊啊啊！』

怪鳥聲音發出，腳跟同時落至龍頭眉間。大太龍身形大大地搖晃起來。

而在另一邊，悠陽拾型則是垂直爬下山崖。貝殼狀裝甲出現許多洞穴，那些全部都是砲口。黃色光線一起從貝殼釋出。

光線彎曲，直擊大太龍的腳邊。

『別想說只有你那邊以火力為賣點唷！』

大太龍腳邊發生大爆炸，大太龍的重心大大地偏向右邊，悠陽同時飛出，貝殼周圍的噴射口吹出噴射火焰。

『啊——真是的……為何我得這樣！』

悠陽以高速在空中滑行……用身軀撞向大太龍，巨大貝殼陷進胸部。

猿王攀住巨龍的背部，悠陽則是成功鑽進它懷中。

『撒旦・懺悔』——亞門特雙拳互擊。

巨大轟音發出，衝擊同時由全方位奔出。

——戰車部隊跟地表一同浮起——飛翔的戰騎裝被分解得四分五裂——三架戰鬥機被光芒吞噬。

光芒消退後，只剩下亞門特一架機體飄浮在空中。

這附近一帶的機甲兵團・一百二十架以上的機體都被分解成碎鐵片，亞門特周圍的山脈如同文字所述**被削去一大塊**。至此為止擊墜數是六百五十。

仁光靠單機就已經將中國軍增援部隊逼至潰敗邊緣。

「差不多打掃完了吶。那麼總督，你自豪的大太龍現在狀況如何呢？」

駕駛艙內的仁明知故問如此說道。

在畫面另一端，猿王拿棍棒狠狠擊向大人龍的背部，悠陽拾型則是踩扁鄰人配屬的護衛部隊。

仁雙手環胸，等待王總督的話語。

王總督臉上浮現冷汗，其表情有如獸臉般扭曲。憎惡與焦躁，還有憤怒的情感全部擴散在王的臉上。

『仁・長門……曉得這個是什麼嗎？』

王總督改變攝影機角度，映照出自己的手邊。映照出來的是被玻璃覆蓋的紅色按鈕，王的怒喝聲飛至亞門特的駕駛艙內。

『現在立刻撤軍！不然我就把赫奇薩連同延慶保管領土一起炸上天！』

王總督展示的是遙控自爆開關。將攝影機位置復原後，王總督額頭青筋暴露，發出瘋狂笑聲。

『別以為這是在虛張聲勢，我會按下去的喔。要對十四萬赫奇薩見死不救嗎？嗯？』

「知道你就是這種程度吶，三流演員。」

仁明顯嘆了一口氣，撂下話語表示「按啊」。

『啥啊啊啊啊啊啊！？！？』

「我叫你按，別讓我說第二次。」

王總督發出愕然吼聲，仁不悅地指向他說道：

「你這傢伙從剛才開始就很囉嗦耶，是耳背嗎？耳朵不好的話戴上助聽器再過來這裡，你以為我是誰啊？」

過分離譜的反應讓畫面裡的王總督整個人愣住，但他立刻全身顫抖。

『你這傢伙！你這傢伙……要愚弄我到何種地步才甘心啊啊啊啊啊！』

王氣瘋地按下桌子上的開關，隨即——

大太龍正下方發生大爆炸，左後腳被絆住，下半身有一半被爆炎吞噬。

另一方面，漂浮在湖泊上的延慶保管領土則是什麼事都沒發生。王總督一副狀況外的模樣，仁拉開嘴角，顎傳來通訊。

『老大，我事先把設置在朱雀跟白虎區域的炸彈轉移到3號機肚子下方囉。不過女王(empress)這麼龐大真是幫了大忙，就算進行轉移也不會撞到頭呢。』

古斯塔跟巴蕾娜也立刻傳來通訊。

『仁！你總是這樣……總是少說一句話耶！』

『差點就一起被轟飛了！』

古斯塔是禿頭上刻有刀疤的中年白人，巴蕾娜則是褐膚拉丁系美女。

仁浮現帶有暗示性的笑容，向王總督提問。

「那麼總督……………………有心想說對不起了沒？」

在畫面另一頭，王總督垂著臉龐，雙肩因怒火而顫抖著。不久後王抬起臉龐，那張臉孔紅通通的，眼睛滿是血絲。

『向大太龍提議，這是大總督的命令！』

仁瞬間察覺王總督的意圖，用銳利聲音大喊「亞門特！」

亞門特雙拳互碰，激烈撞擊冒出火花，背後的空間有如玻璃般碎裂。亞門特進入次元跳躍的態勢。

『射擊**延慶保管領土**！用所有砲門把赫奇薩全部變成黑炭！』

窮鼠嚙貓……仁完全惹火擁有力量的愚者了。

同一時刻．曉——艦內．咖啡外帶店。

光學畫面放大成A2尺寸，EIRUN CODE的成員們在一旁緊盯著它。所有人都在手心捏了一把冷汗，注視著影像。奧爾森跟山武發出加油聲。

「王這傢伙是垃圾，差勁透了！」「加油啊櫻之劍！」

映照在影像中的是櫻之劍與中國軍的戰鬥——而且還是實況影像。

（艾倫……究竟打著什麼主意？）

大和難掩懊惱神色。在不知不覺間，咖啡外帶店變成了大型上映會。

大和用熱線收到明國代表．明戀華的聯絡。大和事先派出的斥候部隊發現櫻之劍正在跟中國軍戰鬥。

大和立刻把那個影像接上自己的終端機，然後回到座位上跟艾倫講悄悄話，接著艾倫說了出乎意料的話語。

《這樣正好。七扇，可以在這裡讓大家看看那段影像嗎？我想比起由我口述，直接看那傢伙比較快。》

另一方面，艾倫則是去替咖啡續杯。

（這可是聯合國的戰爭促進派大國．中國跟櫻之劍的戰鬥影像唷。居然把安保理那群傢伙如果得知可能會召開緊急會議的機密情報……隨隨便便弄給大家看。）

「如何？」

艾倫帶著托盤回到這裡。托盤上有盤子，上面是抹了奶油的餅乾，還有咖啡杯。他完全沒有緊張感，感覺就像在享受電影似的。

葵熱切地對艾倫說道：

「隊長！那個蓮霧鼻叫大太龍射擊保管領土耶！他惱羞成怒把赫奇薩當成人質了！如此一來我們也過去不會比較好嗎？」

葵如此說道後，賽蓮也立刻嗯嗯嗯地點頭同意。

其他隊員也屏住呼吸靜觀事態發展。

「啊，仁那傢伙又挑釁對方了吶。明明可以看穿人的心理，卻不把人心放在心上……真是壞習慣呢。」

相對的，艾倫卻完全沒表現出擔心的態度。

「喂，艾倫！你有點太輕率了吧！」

大和難以忍受提高音量。艾倫瞬間露出吃驚表情，接著立刻將眉毛豎成八字形說道：

「是吶，抱歉。你說得對，我太輕率了。那麼我就給一點小提示吧，大家一起思考看看。」

心裡七上八下看著影像的隊員們望向艾倫那邊。

「為什麼我們能聽見總督跟仁的通話內容呢？」

大地跟奧爾森面面相覷。略做思索後，月下說道：

「這個大概是在現場附近偷拍的影像吧？能像這樣收錄到聲音就表示……仁先生(那小子)正用大音量將通話內容洩漏至外界吧？」

艾倫開心地表示「沒錯」。

「連萬一都不會有，不用擔心唷，我可以保證。」

如此說道後，艾倫用刀叉切向牛奶餅乾。

「因為在那邊戰鬥的人是仁‧長門。」

同一時刻——中國‧北京市【北京城】。

那兒是豪華絢爛的大型作戰會議場，房間中央映照著身為戰場的延慶。

數十公尺長的會議桌的上座坐著王總督，眾大臣則是坐在兩側。

依照王黃龍之令，大太龍在延慶保管領土降下火雨。那是一發砲擊就相當於全面壓制的威力。

是能以百隻為單位驅除馬里斯的大太龍蹂躪砲。

大太龍用大輸出功率擊發著這種火力。

位於延慶保管領土的湖泊籠罩著白霧，大太龍的砲擊令湖泊完全乾枯，延慶保管領土感覺上像是消失了，然而……

「呼呵……哈哈哈。」

發出笑聲的人是王總督。他太過亢奮，沒注意到自己從椅子上站起來。映照在畫面上的是亞門特，其背後的保管領土毫髮無傷。

魔人挺身而出面對砲雷，守住延慶保管領土。

「是了……沒錯！這就是你的極限唷！還真溫柔吶正義使者！」

王有如得逞般伸指比向亞門特。

「仁．長門！殺你的人不是我！你是被自己醉心的那個惹麻煩的英雄主義給殺死的！」

王有如逮到機會般指責仁。

「拯救全世界的赫奇薩，並且根絕馬里斯？你究竟是打哪兒來的超級英雄啊！以為地球上有多少國家，多少民族，還有多少國土面積啊！要從馬里斯的獠牙下拯救這一切？你以為自己變成神了嗎！要驕傲也得有個限度喔，你這個小鬼！」

王總督呼吸變急促，上氣不接下氣地喘氣。

過了半晌，亞門特那邊傳來仁的聲音。

『你真是無藥可救的呆子吶。』

「你說什麼？」

直至此時，王總督開始懷疑起自己的耳朵。仁接著說道：

『郵筒會拒絕信件嗎？水車會因為疲倦就不轉動嗎？我之所以站在此處，就是因為我是絕對性的強者。』

亞門特從肩膀再次展開魔法陣。魔法陣變大，裹住保管領土。

『只要有人求救，我就會去拯救。這本來應該是神明的工作，但祂剛好不在，所以就由我代勞，事情就只是如此罷了。』

「事到如今還死鴨子嘴硬。喂……接通大太龍，這傢伙不可原諒！」

王總督單眉抽搐，口水累積在嘴角，呼吸再次開始變得急促。

『不過該如何是好呢，位高權重的笨蛋很多，最近工作量可是三倍，真的很困擾吶……你不這樣覺得嗎？王黃龍？』

「開火啊啊啊啊啊啊啊啊啊啊啊啊啊啊啊啊啊啊啊！」

王總督發出激動吼聲，赤紅砲雷雨也同時撒落。仁的亞門特挺身而出守護保管領土，黑色魔人暴露在紅雨下。

「連一片指甲！一根頭髮都不許留下！你給我化為塵埃！仁．長門！我的人生不需要你這種狗屎存在！」

王總督「射擊！射擊！射擊！射擊！」不斷重複砲擊命令。

大太龍不顧自機遭受攻擊，硬是對仁的所在地延慶保管領土展開長距離連續砲擊。

畫面中的亞門特有如撐住天空般牢牢踩住腳步，從不斷撒落的破壞大雨下死守延慶保管領土。王總督對這樣的亞門特說道：

「立於雲端之人會去在意蟲子或是雜草嗎!?你眼中映照著這種事物嗎!?不管有多少人被馬里斯吃掉都與我無關，要死多少就死多少！反正那些愚民會擅自長出來的！比起這種事，為何不懂我王黃龍君臨天下與大國未來習習相關呢！你這個……蠢貨啊啊啊啊啊啊！」

大太龍嘴裡累積前所未有的光量，其中一顆頭以一點集中的形式吐出極粗的砲雷。破壞光線筆直飛出，挖去土地掃倒樹木。

亞門特用力將雙手伸向前方……擋住大太龍的砲擊。

『咕嗚嗚嗚！』

「在連山都能擊碎的大太龍面前！不論是何種兵器都跟馬口鐵玩具一樣啦！要低頭道歉的人是你吶！仁・長門！」

在螢幕內，亞門特壓住光線。

『我的雷鳥（養育者）常說，不能讓笨蛋擁有金錢跟權力吶。』

「啥啊啊啊啊!?」

『能力愈高責任愈大。不過愈是無法看清自我的畜生，就愈是會把肩負的責任誤認為權利。』

大太龍不斷吐出砲雷，亞門特則是將它擋下——

這幅光景看起來像是兩者的堅持與尊嚴正在激烈碰撞似的。

『而且你打從剛才開始是在對誰說話……我是誰？以為我是為了什麼而來到這裡的？』

擋住紅光的亞門特——其剛腕猛然膨脹，魔法陣的色彩也變得強烈。

『性別、文化、人種。受限於這種小家子氣的東西就是你們的極限。一個不漏給予救贖的存在就是**我**喔，地球上只有我能做到這件事，所以我來了。』

亞門特一口氣展開雙臂，然後……有如緊擁般開始收緊擋下的砲雷。王總督小聲地說「不會吧」。

『聽好，然後看清楚——』

『我就是……仁．長門！』——亞門特抱碎大太龍的砲雷。

大作戰會議場一片無言。浮現在會議桌上的光學螢幕裡，亞門特再次雙手環胸，它的頭有如瞪視王總督般望向這邊。

「噫咿咿!!」

王總督雙腿一軟，整個人跌坐在總督席上，接著——

『好——卡！』

不合時宜的聲音響徹在大作戰會議場。

映照在螢幕旁邊的是有著淺黑色肌膚的金髮少年，菲德雷。

『仁先生，好厲害喔！這畫面真是讚爆了！good！你啊，真的做什麼事都棒過頭了吧!?』

菲德雷一臉興奮地對仁豎起大拇指。以王為首，眾大臣都因為這段對話而露出混亂表情，然後菲德雷指著王總督笑道：

『話說大叔！這壞蛋角色你也入戲太深了！什麼「連一根頭髮都不准留下！」，正常人會說這種話嗎!?打從出生以來我還是第一次聽見呢！呼嘻嘻嘻！笑死我了！』

畫面中的菲德雷雙腳跺地如此大笑。

『明明知道會變成這樣還表示六小時後會過來，真的以為會有這種笨蛋嗎？配合這場鬧劇真是多謝了！中國軍的各位！』

如此說道後，菲德雷把攝影機拿出來給眾人看。

『覺得民眾連個屁都不是、惡劣至極的大國首腦，跟為了拯救世界而現身的謎樣救世主（messiah）！拍到了無比火熱的一面，感覺能製作出好PV呢，真是太好了！』

另一方面，仁拿起墨鏡。

『事情就是這樣。你們這些傢伙被選上、成為我們光榮的墊腳石。』

然後為了結束這場鬧劇，仁發出號令。

『通告鄰人全機，解除機體功率限制……可以拿出真本事囉。』

在延慶一帶，戰鬥中的鄰人一起動了起來。

『三分鐘結束。』

如今鄰人們正……展現出它們隱藏的真正價值。

同一時刻・曉──艦內・外帶咖啡店。

「嗚嗯──3號機被痛扁了。它是極限突破行動那時很猛的那傢伙吧？」

山武有些嚇到地吐露意見。

櫻之劍的企圖也傳達到EIRUN CODE那邊了。

「限制機體性能，故意表演苦戰的模樣嗎……做的事情還真下流呢。」

日向也臉色發青，大和則是憎惡地扭曲嘴唇。

「意思是把中國當成題材，提供給操控輿論的媒體吧。這些傢伙的神經構造究竟是怎樣啊？」

相對的，茜跟田中以及紫貴這些學生會成員則是感到佩服。茜興奮地說道：

「把剛才的對話剪輯後播放出去，我覺得宣傳效果很棒唷！櫻之劍就是正義之師！我完全沒想過可以這樣搞呢！」

「聯合國極端地封鎖他們的情報，所以櫻之劍的真面目至今仍罩在神祕面紗之下。換句話說，就是想讓全世界知道仁・長門這個人的事，所以才挑現在嗎？」

「因為櫻之劍用強硬手段救出赫奇薩，所以在許多方面讓人觀感不佳吧……不過只要拿這個給大家看，大家的想法就會有所改變，協助者也會跟著激增吧。」

田中擦拭眼鏡，紫貴則是心癢難耐地誇獎仁。

月下感到無趣地靠在椅子上。

「大家最喜歡的正義使者……這種玩意兒硬生生擺到眼前，讓人深深感到戰爭也是政治的一環呢。」

「不過好像在哪裡看過這種演出吶，不覺得很久以前的機器人動畫裡就有類似的橋段嗎？」

飛鳥如此說道後，立刻開始用網路檢索。艾倫對這樣的飛鳥說道：

「或許吧。別看那傢伙這樣，他可是發下豪語講過自己精通古今中外各式各樣的機器人動畫。不過，這個叫做王黃龍的人讓我有點同情……不管怎麼想，他遇上的對手都很糟糕呢。」

艾倫望向畫面裡的亞門特，有些自豪地吐露心聲。

「因為根本沒人能戰勝仁那小子吶。」

艾倫如此說道後，賽蓮對他露出微笑。

「總覺得夏樹很開心的樣子。」

艾倫沒否認也沒肯定，確認戰友的最後一幕。

同一時刻──中國．北京市【北京城】。

北京城上空有如玻璃般碎裂，亞門特撬開空間之壁現身。

隨即，超過一百發砲火襲向亞門特，亞門特周圍不斷出現著彈的爆炸。那是事前布置在北京城四周的中國軍戰車部隊，然而砲彈卻被亞門特的魔法陣彈開。亞門特沐浴在砲彈之雨下，就這樣抬起手臂。

瞬間，周圍空氣搖晃，衝擊從戰車隊的腳邊通過。

剎那間，戰車隊從底部被掀飛，一百輛戰車翻覆了。

在那之後，亞門特探頭望向北京城天守閣。王總督透過大窗戶目睹亞門特的凶惡面貌。

「噫咿咿咿咿咿咿咿咿咿咿咿咿咿咿！」

『愉快又痛快的選擇時間到了，大總督。如何？要吞下我提出的條件嗎？』

仁一邊說『或者——』，一邊擺出姿勢準備雙拳互擊。

『把住在北京市包含你在內的所有特權分子……當場殺光？』

在亞門特的駕駛艙內，仁用食指輕敲太陽穴。

「這條街上只有對你來說很方便的好鄰居吧？把居民一口氣全部換掉也不是一件壞事呢。」

腿軟的王總督被放大顯示在螢幕上。

『明白了！鐵跟石油！我答應今後會大幅輸出寫在輸出限制名單裡的指定物品！就在這個月內！』

無言地點頭後，仁提問「還有呢？」

『今後吾等將不再干涉櫻之劍。至於赫奇薩…………咕！只要肯按照程序去做，要引渡給你也行！』

仁在最後朝王豎起三根手指，然後浮現虐待狂般的笑容。

「好，那麼做個總結。在這裡回應第三個要求吧。」

王總督「欸？」的一聲發出傻氣叫聲。

「『抱歉造成困擾，我以後再也不敢了，請原諒我』你要誠心誠意地這樣說吧？」

『嗚～～～～～～～！』

王總督面紅耳赤，表情看起來就像在拚命壓抑怒火似的。亞門特朝王的所在地天守閣收緊右拳，王總督臉色發青。

「…………抱歉造成困擾，我以後再也不敢了，請原諒我。」

就這樣，櫻之劍讓全世界知道了他們的存在。

然而……也有人對此感到不悅。

如果說仁有毛病的話，那就是完全不把這些人放在眼裡的這件事吧。

【玩偶・華爾茲・鎮魂曲】

是第一期由二〇六六年播放至二〇六八年，第二期由二〇七〇年播放到二〇七一年的超人氣機器人動畫，其起源有很多謎樣的部分存在。

動畫作者不明。

它有著二〇六四年收到作者不詳的腳本、由於內容過於有趣而被製作成動畫這樣的經歷。還有另一件事，動畫劇本裡有許多情節跟馬里斯在過去引發的大事件如出一轍。

就時間軸順序而論，腳本送來後世界某處就發生了事件。

動畫內容與當時在大街小巷造成轟動的社會問題完全一致，因此在放映時針對其內容做了大幅修正。也就是說，這個動畫腳本是以馬里斯相關重要事件為準寫成的故事。有一名研究者察覺到了這個事實。

他是曾在冰室義塾研究赫奇薩的一名研究者，名字叫做富士光三。

同時也是兵器之四・伏見飛鳥的親生父親，雖然此事並未公開就是了。

然而艾倫・巴扎特登場後，光三博士就有如被換下場似地失蹤了。

他之前研究的資料全部被帶走，而那個【動畫腳本】也跟著不翼而飛。在那之後，光三博士就受到各方人士與組織的追緝。

光三博士失蹤前都一直在進行著的研究項目，被人們稱之為【富士檔案】。

研究資料與原始的動畫腳本一同消失在黑暗之中。動畫公司聯絡不到原作者，只好將十六集至十九集發包給其他劇作家去執筆。

失落的這四集因此被硬核收視者稱之為【夢幻的四集】。

隔天——靜岡縣．某處。

暖爐桌的桌面上擺著好幾支一樣的墨鏡。

坐在暖爐桌裡的是那個研究者．富士光三博士。坐在一旁椅子上蹺著腿的人則是黑衣青年仁．長門。

仁用眼鏡布細心地擦拭自己愛用的墨鏡。

他的本名是冰室夏樹——也就是冰室雷鳥的孫子。

結束與中國的戰鬥後，仁等人久違地休了假。只不過如果待在自己房內還是會有人過來打擾，所以他才像這樣跑來光三的房間避難。

「啊，飛鳥那傢伙擅自跑出這裡了。真是有夠讓人擔心的，為什麼不跟睦見一起回來呢？」

仁暗暗嘆息。打從極限突破計畫過後，光三一直都是這副調調。飛鳥在雷鳥失勢後投靠了櫻之劍，為了完成格蘭系列而接受仁他們的技術支援。然而預定要完成的東西做好後，她又立刻返回冰室義塾了。

仁又在桌面擺上一支擦好的墨鏡。

「小孩總有一天會離巢的，最好早點習慣小孩獨立唷，博士。」

光三是被規格外十名數字睦見顯半強迫帶到櫻之劍的。然而自從跟仁見面後，他就自願當起了協助者。

顎的鄰人亞蒙，也是在光三博士幫助下完成的。

「那個……仁先生，您有說過自己是從未來過來的。」

「？真突然吶，所以呢？」

「飛鳥究竟是跟誰結婚呢⁉」

墨鏡排成兩列——仁正準備拿起其中一支，卻在聽聞此言後停手了。

「那孩子啊，在很多方面都滿是可乘之機呢。只要一有目標，視野就會變得極為狹隘。如果有渣男看準那孩子的軟肋趁虛而入……啊啊～」

光三抱頭趴伏至桌上，仁用鼻子發出嘆息。

「她會變成離婚四次、有兩個小孩的單親媽媽，而且父親還不同人。」

「是打哪兒來的人！我要在那傢伙遇上飛鳥前先閹掉他！」

光三口沫橫飛青筋暴露，仁狡獪一笑表示「開玩笑的」。

「……有時候您的笑話聽起來一點也不像是笑話。」

「就算在那種狗屎般的世界裡，飛鳥小姐也隨心所欲地壽終正寢了。畢竟**如果沒**

有她就開發不出鄰人吶。」

仁重新調整心情，再次擦拭起墨鏡。

「……不管聽多少次都讓人難以置信，想不到那個飛鳥居然會成為『奠定鄰人開發基礎』的開發者。」

光三無法率直地感到開心。雖然只有一部分，他仍是從仁口中聽到了未來的事情。

「鄰人的黑科技是『未來的科學技術』……那個寫著未來事件的腳本，也是你們製作好再寄給動畫公司的。」

仁也向各國首腦公開了自己的真實身分。

自己是「未來人」，鄰人則是「未來世界製造的兵器」。

光三一句「哎呀」浮現討好笑容。

「那份報告寫得太過火，所以才會站到世界的中心。」

光三將視線望向自己的書桌。書桌架子上插著一個貼著紅標籤的檔案夾。那就是全世界軍隊跟機構如今也追尋著的【富士檔案】。

「動畫（那個）的製作者畢竟是這個時代的人，我們能做的事也只有提供豐富的製作資金，還有像是氣象預報般的劇情就是了。」

仁露出意有所指的笑容。

「只不過……原作者是一個匠氣十足又很難討好的傢伙。第二期最後那邊連我也不曉得該如何安撫才好，創作者真難搞。」

另一方面，光三心中有一個從以前就有的疑惑。

「仁先生，為何不讓他們播放第十六集到第十九集呢？」

光三口中的第十六集到第十九集就是指夢幻的四集。光三讀過原始的腳本，所以知道內容。

「人類巴戴姆化……那四集描寫的就是『暗示末期者的出現』。」

所謂的巴戴姆，就是出現在玩偶．華爾茲．鎮魂曲裡面的敵人的名稱。

朝墨鏡呼的一聲吹掉灰塵後，仁回答了這個問題。

「因為如果播放出那些內容，就會爆發【第三次世界大戰】吶。」

光三瞪大雙眼屏住呼吸。

仁若無其事拋出來的是，離譜至極的未來繪畫。

「您說什麼？」

「會出現不顧一切搶奪鄰人的傢伙呢……為了讓自己的國家能安居樂業穩若磐石吶。美國察覺到了那個動畫的機制，只要有一個人捨棄理性的假面具，大家就會變得爭先恐後，接下來就會直接變成沒完沒了的戰爭。」

仁從下方眺望擦好的墨鏡，確認有無殘留指紋。

「現在到處都是滿滿的馬里斯，所以不會有呆子做出這種暴行。有強大敵人存在加強了國家之間的團結，只不過冷靜想想很蠢就是了。」

仁有如感到滿意般，把那支墨鏡也放到暖爐桌上。

「我曉得您是冰室總帥與鄰近者‧結城武藏的孫子，也是來自未來的人類。」

光三略微探出身，向仁問道：

「不過，為何是動畫呢？」

令光三感到疑惑的是擴散情報的手段。

雖說前面冠上了「超人氣」這樣的修飾詞，畢竟也只是在深夜播放的動畫之一。如果目的是為了向人類敲響警鐘，那應該還有其他更適合的手段才對。

尊重謎樣的原作者、完全不知內情的動畫公司在「不然來製作看看好了」的來龍去脈下，讓這個作品上了製作軌道。

仁等人所高舉的【為拯救地球而戰】——要把這個目的編排到那部動畫裡實在很勉強。這麼做真的很事倍功半，讓人感覺毫無意義。光三是這樣覺得的，所以對仁說了這句話。

「嗯嗯，無論如何都得是動畫才行吶。」

同一天・十九點・冰室義塾・特別棟。

艾倫拉開木製拉門進入辦公室後，不只是雷鳥，連明星的初代適任者結城武藏也在裡面。

他身形高大，肌肉從內側高高撐起襯衫。紅頭巾與墨鏡，還有修剪整齊的鬍鬚令人印象深刻。

「英雄將，我確實拜見了有明的艦內。它是一艘好船呢。」

「勇者大人都說OK的話，也不枉費我對設計插了嘴吶。」

艾倫與武藏握手致意。大和成為明星適任者的當下，武藏就失去了左手的刻印。另外，身為登錄證明的「Ⅶ」羅馬數字也消失了。

他變成了普通的赫奇薩，因此從適任者的職責中得到解放。

之後他得到允許，光明正大地以日本人的身分返回本土。如今他一邊支援雷鳥，一邊擔任鄰人運輸艦【有明】的艦長職位。另外武藏身為適任者身經百戰的經驗也得到認可，因此有明艦上四處都反映了他的意見。

「還有別叫我英雄將了吧。刀我已經交出去了，如今在這裡的只是享受第二次人生、動作敏捷的優質老頭吶。」

武藏戲謔地戴上墨鏡，看到他的那副姿態，艾倫真心覺得真是太好了。

「只不過你不是孫子這件事，我現在還是覺得很遺憾就是了。」

他小聲地跟艾倫講悄悄話，艾倫小聲地笑道「對不起」。

「好了，武藏先生。小鬼他很忙的，只是老人要找聊天對象的話，我已經叫看護過來了唷。」

武藏聳聳肩，站到雷鳥身邊，將手伸向她的胸部。雷鳥連看都沒看就啪的一聲打下那隻手，然後向艾倫搭話。

「我想你已經曉得了，不過中國最大的赫奇薩保管領土被櫻之劍打下來了。從戰鬥開始只花了三小時。」

「是嗎？很有仁（那傢伙）的風格呢。只能說不愧是他。」

艾倫浮現苦笑，雷鳥見狀也啞然失笑。

「真是的……事情明明鬧得這麼大卻擺出這種態度，慌了手腳的人反倒顯得愚蠢了。」

「因為那傢伙有那傢伙的想法，我也有我的打算。我認為只能腳踏實地去做了。」

「就年輕人的說法而論還差一點意思……不過嘛，就這樣吧。你就用你的方式去做。那麼艾倫，我想讓你看一下這個。」

雷鳥斂起神情，用手指輕彈她事先開啟的另一個光學畫面。Ａ４版面大小的畫面消失，開口表示「那就拜見一下」後，艾倫開啟雷鳥傳過來的文件檔案。

「瑞士提出的極機密護衛委託？校長，這個叫做瑞士的國家是？」

雷鳥桌上散落著許多紙屑，那是吃完的口香糖。

「是一個位於歐洲內陸的小國家唷。他們高舉永遠保持中立的思想，退出聯合國已經有五十年以上了。他們會輸出優良的醫藥品跟電子技術，而且每年都會有眾多精悍的傭兵現世。是家園一旦有難，所有國民都會持槍抗戰、由血氣方剛的和平主義者組成的國家吶。」

如此說道後，雷鳥將一本老舊手冊丟到桌上。

「這是？」

「每個國民都會發到的生存手冊。從恐怖分子攻占街道時的應對策略，一直到在敵方占領下要如何保有國民意識的知識都網羅在內。」

「哈，瑞士還真猛吶。」

武藏很佩服地拿起手冊，艾倫也覺得瑞士是一個很棒的國家。順帶一提，艾倫是出自於軍國主義的國家。

「不允許任何武力介入本國、同時也不介入他國事務——在馬里斯氾濫成災的世界局勢之中還能貫徹這種態度，可以說是很有骨氣的國家呢。」

「不過主張中立的國家……要向吾等請求武力支援嗎？」

艾倫臉龐罩上陰霾，武藏啪啦啪啦地翻動書本。

「就是這一點呢。決定無論任何理由都不讓他國武裝集團踏進領土的國家，提出了有可能讓國家意識形態崩潰的請求。這件事就是這麼奇妙吶。」

「……有狀況迫使他們不得不這樣做，是這一類的情況嗎？」艾倫如此表示。

「我也是這樣想的，但瑞士的地理位置本來就是得天獨厚吶。雖然位於歐洲激戰區內，卻幾乎沒有馬里斯襲擊呢。大陸防衛則是交由英國負責，在英國的努力下那邊也很和平。更不用說如今歐洲的馬里斯問題已逐漸平息，因此實在無法想像會有威脅需要我們出馬解決。」

艾倫覺得此事必定有鬼，同時也聞到危險的氣息。

「就算詢問當局，對方也只是一味堅持跨過國境後再詳談吶……真是的，才想說總算抵達了明，結果又收到麻煩事的通知單呢。」

艾倫重新閱讀委託書，結果發現令人在意的一行文字。

「『你們心心念念的願望將會實現，作戰籌劃家。』……書面上是這樣記載的，您心裡有底嗎？」

雷鳥皺起臉龐，略微停頓半晌後做出回應。

「哎，要說有底嘛是這樣沒錯……世上只有不到十個國家保障赫奇薩的人權，瑞士就是其中之一。」

「唔……這麼一說，記得瑞士也名列其中。」

被這麼一說後，艾倫想起來了。赫奇薩人權支持國的名單中也有瑞士的名字在內。

「建立第二富士時，瑞士的做法讓我獲益良多，可以猜想此事跟赫奇薩有關吧。而且根據傳聞，瑞士從很久以前就在進行一項研究。」

艾倫皺起眉毛表示「傳聞？」

「就是把赫奇薩……**變回人類**的研究吶。」

III 夢之島

與雷鳥協議後，艾倫決定要接受瑞士的委託。

第二富士受到損傷需要修理各區域，同時也得進行大規模補給，因此暫時停靠於明位於陽江的領地。艾倫在那邊挑選出成員，以有明跟曉兩艦前往新航道。就在眾人出航的……………那一晚。

在有明艦內——船內倉庫的一室。

大和眼尾抽搐出言指責。

「可以說明一下這是怎麼一回事嗎？妳這個笨蛋公主殿下。」

那兒是堆積著彈藥箱的武器庫之一。在貨架與貨架之間的狹窄通道上跪坐著一個中華風美女，她就是擔任明國・國家代表的明戀華。

她將長髮紮在左右兩邊綁成團子頭，身穿女間諜會穿的那種緊身皮衣打扮，大胸部與蜂腰也因此變得更加明顯。

「哼！」

「哼妳個頭啦！我在問為何國家元首會潛入正在執行作戰行動的戰艦呢那邊肯定是亂成一片了！」

「七扇！你也用不著大吼吧！人都來了，這也是沒辦法的事情不是嗎？」

艾倫從後方架住準備要抓狂的大和，時間已經超過半夜兩點了。

艦內的入侵者警報響起，船員們急急忙忙趕過來一看，結果發現戀華偷溜進來了。

戀華不服氣地噘起嘴。

「才剛想說人總算是回來了，結果又離開國家，把政務跟外交都推給別人去做……只有自己在那邊優遊自在，這樣太狡猾了！一定是要瞞著我偷吃美食，然後在美女的屁股後面追著跑吧！」

「妳這種新婚妻子般的理由是怎樣！」

「而且！我沒聽說過 EIRUN CODE 是有這麼多美女的巢穴喔？你這個笨蛋！悶聲色狼！留著怪髮型的胸奴！」

「可以別說得好像我喜歡巨乳好嗎!?還有，為何打從剛才開始妳就惱羞成怒啊!?」

一副睡衣打扮的紫貴跟賽蓮也在戀華身邊，兩個女生眼睛半閉瞪視大和。

「金鯱腦袋好沒神經，失望了。」

「你是打哪兒來的輕小說主角？有點想宰掉你了耶？」

兩人有如替戀華辯護般責備大和。

「而且這艘船可是最先進的軍艦吧？究竟是怎麼通過登艦安檢——」

「小黑出馬易如反掌。」

「帶路的人是妳啊！」

大和用專業藝人般的時機開口吐槽。

賽蓮繼續話中帶刺地責備大和。

「金魷腦袋不在戀華好寂寞，心中滿是不安等待對方回來的恐懼感……男人是絕對不會懂的。」

言語之刃刺進大和（還有艾倫）的胸口，這句話裡面有著直逼真相的沉重感。

（這、這些傢伙是從何時變要好的？）

戀華對夾起尾巴的大和問道：

「陰帝要去瑞士吧？既然如此，我為了將來，過去增廣見聞一下，也是有意義的事不是嗎？因為明也將赫奇薩的人權視為國家重大方針呢。」

聽起來有點像是藉口。大和搔搔頭表示「所以我才過來的啊」。

「妳想說的我明白……不過，或許會開打也不一定。如果妳被捲入其中因此喪命，我該如何負起責任呢？」

艾倫用食指搔搔臉頰。說到底，男生陣營就是擔心這種狀況。戀華詞窮之際，大和背後傳來聲音。

「哇塞，七前輩好遜喔。」

站在倉庫入口處的人是葵，她身上只穿著有如內衣般的訓練服。

艾倫跟大和錯開視線，葵用著一副讓人不曉得該看哪裡才好的模樣扠著腰。

「『不論發生什麼事我都會守護妳』這種話說不出口嗎？好遜，跟隊長差真多。」

「呃，也沒必要在這裡拿那傢伙出來跟我做比較吧？」

大和咕嗚嗚地握緊拳頭，接著將視線轉向戀華那邊。看到有如被遺棄般的小狗眼神後……他重重垂下雙肩。

「抱歉，這完全就是我監督不周。在任務進行時我會負起責任照顧她的……可以由你去跟婆婆說一聲，給她乘艦許可嗎？」

艾倫露出苦笑說道：

「嗯嗯，小事一樁。」

三天後・十點・印尼・蘇門答臘。

這次作戰被挑選出來的人是大部分規格外十名數字（ten number），以及最小程度的護衛人員。

成員有艾倫、賽蓮、葵、紫貴、星辰小隊、月下、日向、飛鳥、武藏、雷鳥共十二人。還有身為明國大使的國主戀華，以及她的保護者大和。

柔吳忙於修理機兵部的戰騎裝而走不開，茜與田中則是留下來營運學生會。

另外由於大和不在，所以由水久那替代他留在明那邊。包含瑪麗娜在內的機兵部這次休假。

曉與有明兩艦橫渡南海，抵達新加坡附近。

目標是印尼屬島・蘇門答臘。

「哇喔！好像寶石——!!」

葵從曉的甲板上探出身軀。黑色小可愛下的巨乳氣勢十足地搖晃，來到甲板上的學生們看起來很興奮。

綿延不盡的遼闊海面散發著藍寶石的光彩。

「藍色大海閃閃發亮！黃金沙灘！豔陽高照！咕唔唔唔！沒踢掉這次的任務真是太好了！雖然也想在明那邊來個美食之旅就是了！」

「這裡是瑞士？總覺得很像網路上看到的峇里島耶。」

山武握拳擺出勝利姿勢，奧爾森則是因為這裡與他印象中的落差而口吐疑惑話語，大地在兩人身邊操作平板電腦。

三人都是迷彩褲配上軍靴、上半身穿黑色無袖背心的外出打扮。

「呃，印尼的蘇門答臘好像就在附近吶……總隊長，目的地真的就是這裡嗎？」

被大地這麼一問後，艾倫也感到不知所措。艾倫也打扮得跟大地他們一樣，他平常穿的西洋軍服在這裡就太熱了。

「嗯～，我也以為一定會經由北極海前往歐洲呢……對方指定的地方就是蘇門答臘近海。」

蘇門答臘島——是位於馬來半島南側的印尼島嶼。

蘇門答臘島西海岸近海被稱為衝浪聖地(makkah)。順帶一提，峇里島也是印尼的島嶼之一。直到馬里斯出現前，這裡都是以度假勝地聞名的熱鬧場所。從這裡出發的話，瑞士本國所在地歐洲就是遠在天邊了。

艾倫環視四周。除了蘇門答臘島外，遠方也三三兩兩地散布著數座小島。此時紫貴來到身邊，她穿著紫色的比基尼。在她身後，同樣穿著白色比基尼的賽蓮也走向這邊。

「我們的目的地是沒畫在地圖上的祕密島嶼喔。那兒似乎是屬國領地，所以就像是漂浮在印度洋上的迷你瑞士吧……嗯！」

紫貴在艾倫身旁伸懶腰，賽蓮也興奮地蹦蹦跳跳。

紫貴大大突向前方的巨乳，以及賽蓮沉甸甸地搖晃著的爆乳——

山武、奧爾森、大地確實地斜眼偷瞄到夢想中的炸彈。

「說起來那兒本來是由英國所持有的，不過據說瑞士政府在二十年前把它買走了喔。真是太好了呢，用不著破冰橫渡北極海，因為北極海航路那邊應該有俄羅斯虎視眈眈才對。而且我也不認為他們會一聲不吭就讓我們通過。」

「啊，妳們兩人好詐！隊長！我也可以去換泳裝嗎！」

「等一下等一下，現在正在執行任務——」「我去去就來！」

葵連話都沒聽完就逕自衝下甲板的樓梯。戀華身穿旗袍打扮，跟紫貴她們一起來到這裡。山武露出鑑識高級火腿般的目光，從戀華的胸口到腰部、一直往下眺望到從開衩縫隙裸露而出的大腿……然後大大地點頭。就在此時，背後飛來月下的拳頭。

「在這種度假勝地般的地方居然在進行赫奇薩的研究，真是連做夢都想不到呢。」

大和點頭同意戀華的話語。順帶一提，他被迫拿著沙灘陽傘跟飲料。

「本來很在意要怎麼入境……不過看這副模樣，就算我們入境也多少可以蒙混過關吧。」

就這樣，艾倫一行人以第二瑞士為目標前進。

曉與有明停泊在小島前方。

艾倫等人一進入城鎮就愣在原地。有人揮舞旗幟，有人拍手——當地的外國人們用歡迎至極的模樣迎接 EIRUN CODE。

另外，艾倫他們都喬裝成旅行者的模樣。

「那個……我們好像很受到歡迎耶？」

戀華如此說道。她將墨鏡掛在頭頂，下半身則是牛仔褲露出肚臍的時尚打扮。

「因為 EIRUN CODE 立下大功，將極限突破計畫導向成功之路吶。而且只要先擺出『瑞士款待攻克ＭＩ02目標的英雄們』的態度，就算之後密談曝光也能找到藉口。」

一副夏威夷衫搭配海灘鞋這種打扮的大和如此回應。另一方面，打扮成露天攤販的大地說道：

「就算 EIRUN CODE 跟瑞士因為發生武裝衝突而聯手戰鬥，說是自衛的一環也算合理嗎……考慮到了很多層面吶。」

大地的評斷令大和感到佩服，同時也有些寂寞地覺得「真的連人設都變了呢」。同樣打扮成旅行者的武藏跟雷鳥站到孩子們面前。

「大家都拿到零用錢了吧？這裡只能用現金購物，要注意唷。從現在算起八小時內是自由時間，你們現在是前來南島度假的笨蛋學生。沒能在明國好好放鬆的份，就在這裡盡情玩樂吧。」

叫。

海灘褲配上夏威夷衫、肩膀背著游泳圈的山武跟奧爾森「唔喔喔！」地興奮大叫。

「在船上也說明過，自從末期者出現後，這裡的人就有義務要攜帶槍械喔！就算搞錯也不能揉行人的胸部！真的會被開槍的！大家曉得沒！」

武藏一邊說，一邊有如輕撫般從下方揉捏隔壁的雷鳥的胸部，雷鳥的直拳立刻飛來。月下暗自心想「只有你會這樣啦」。

「這裡基本上以說德語為主，要隨身攜帶翻譯裝置。集合地點之後會再指示各位，十八點時請所有人集合。」

頭戴草帽、身穿小可愛背心的紫貴如此說道。從胸口那邊可以完全窺見到乳溝。

然後，迎賓豪華轎車來到雷鳥面前，另外還來了兩輛 Harrier。

艾倫用肩膀扛著葵說道：

「搭船旅行覺得累的人，可以先去現場休息喔。除了一之瀨外還有人過來嗎？」

「隊長……對不起。」

葵一副T恤配上短褲的隨興打扮，看上去很難受的樣子。

在這之後艾倫還要去錄影，所以換上了萊因哈特的軍服。當地媒體提出了採訪申請。

「不管是誰吃了六碗飯都會變成這樣的喔。」

艾倫跟紫貴讓臉色發青的葵坐上車。葵不是暈船，而是吃太多弄壞肚子了。

「到那邊後說不定吃不到米飯，這樣說的人不就是紫貴嗎！」

雷鳥跟艾倫他們先前往現場。

大和與戀華，以及星辰小隊跟月下立刻出發去逛街。

氣溫超過三十度，溼度也很高，月下只覺得衣服上黏滿了汗水。

「在寒冬中也是這樣嗎？」

月下捏起襯衫胸口搧風。每次抬頭，都會有暖風通過下巴。

胸罩線條微微透出，義肢也罩著一股熱氣。如果是在自己房間的話，她肯定早就把它拆下來了。

月下蹺起長腿，將脖子轉向旁邊。這裡是廣場，密密麻麻地排滿許多帳篷，下面還擺著桌子，路旁排列著數不清的露天攤販。

身為東洋人的月下頗為顯眼，不久前才有一個剛退伍的青年向她搭訕，日本女性受歡迎看樣子是真的。

「老大我回來囉！這個叫做甩餅的東西看起來很好吃的樣子，也有香腸唷！」

奧爾森拿著披薩般的紙箱走向這邊，左手則是拿著保麗龍盤子，上面放著一層一層捲起來的香腸。

打開紙箱後，裡面裝著分切好的現炸可麗餅。

「這東西叫做瑞克雷切起士料理，聽說是瑞士有名的家庭料理。」

「嚇，都這麼熱了還要把融化的起士淋在馬鈴薯上面吃啊？」

大地拿來的是放在盤子上、淋滿起士的馬鈴薯跟火腿。

月下從大地手中接過可樂瓶，扭開瓶蓋喝了一大口。

燒灼喉嚨的刺激感與充分冰鎮過的水分，漸漸滲進香汗淋漓的身軀。

在這段期間，大地把馬來炒飯的紙盒堆到月下面前。所謂的馬來炒飯，指的就是印尼風的炒飯。放在飯上面的荷包蛋刺激了月下的食欲。

「嚼嚼，嚼嚼嚼……啊，這個好吃吶。帶一些當伴手禮給葵好了。」

才說了這句臺詞，月下就把一盒馬來炒飯清空了。奧爾森則是一邊吹氣一邊逕自吃下現炸可麗餅。

「這個叫做甩餅的東西超好吃的！又熱又酥，等一下我要再去買一張喔！」

「很冷也就算了，明明這麼熱還攝取這麼多乳脂肪嗎？」

大地如此說道後，咬了一口淋滿起士的長棍麵包，接著發出「啊，好吃吶」的感想。

「到頭來，這裡就是印尼跟瑞士的美食博覽會嘛。」

掃光第二盤馬來炒飯後，月下望向大海那邊。

「望向右邊是發出藍色光輝的大海，望向左邊則是有如童話般的石造古老城鎮……沒這個溼度的話就是完美無缺了。而且香腸也很好吃。」

月下咬了一口奧爾森分切給自己的肉棒。

「赫奇薩也很普通地混在一起生活呢。」

大地一邊拿現炸可麗餅一邊說道。在旁邊那一桌，赫奇薩正跟普通人併桌開心地吃著午餐。奧爾森伸指比向裝著馬來炒飯的紙盒。

「大聲叫賣這個的大叔手上也有刻印唷。」

月下也察覺到了這件事。這個國家完全感受不到赫奇薩與人類之間的隔閡，給人一種兩者融合為一、構成一座城鎮這樣的印象。

「比第二富士感覺還要更自然……世上居然會有這種地方呢。」

月下露出望向遠方的眼神，腦海掠過將未來交給自己的故人。

「也想讓綠看一看這裡呢。」

月下遙想已故的初代機兵部部長——神無木綠。奧爾森跟大地閉上嘴巴，他們並未打擾自己的老大懷念過去。

「這麼一說，山武呢？他還沒回來嗎？」

過了半晌後，月下想起另一個部下的事。

她朝四周張望，立刻發現對方。山武正在跟露天攤販的女店員開心地聊天。看到那副光景後，月下發出咂舌聲。

「老大別吃醋喔，那個大概是在工作唷。」

「奧爾森，你可以睜著眼睛睡覺呢。那個笑話一點也不好笑喔。」

山武拿著大盤子走向這邊，上面放了麥年魚排還有一大堆馬鈴薯。

「抱歉抱歉，這麼慢才回來……啊，記得這個是叫菲力什麼的，還是波斯？是在嫩煎魚排上面淋美乃滋或是檸檬汁再吃的料理，配菜是炸薯塊，人家給了我一大堆——唔呃！」

才剛放下大盤子，月下就用義肢由下而上猛然捏住山武的股間。

月下用低沉聲音威嚇道：

「去買個飯有必要撩妹子嗎？」

「大姊等等！力道控制一下！這個再用力一點可是會捏扁的！」

星辰小隊在七之叛亂時，半推半就地對月下做了愛的告白。

因此三人的情感月下早已知曉……然而月下至今卻仍未做出回覆。只不過對女人心來說，不有趣的事情就是不有趣。

「笨狗忘記飼主長怎樣時，好好管教也是老大的重要工作。」

義肢的握力變得更強，山武咬緊牙根時，奧爾森從旁緩頰。

「好了好了，山武對老大一往情深，所以沒事的啦。」

月下嘖了一聲放開山武，山武一邊揉股間一邊坐到月下身邊。

另一方面，大地將手伸向山武拿過來的魚，沾上美乃滋後將它送入口中。

「喔，這是日本人會喜歡的味道吶。那麼……結果如何呢？」

「痛痛痛。就談話的感覺來說，這裡的人感覺壓根兒就沒有歧視赫奇薩的心態吶。人家還歪頭困惑地表示『欸？為什麼要歧視赫奇薩呀？』……喔，很好吃的樣子！我開動了——」

山武將手伸向剩下的馬來炒飯。

「在這座島生活的幾乎都是瑞士人。跟歐洲那邊的瑞士一樣，這裡也導入了徵兵制，感覺平民很擅長遊擊戰。剛才的那個女孩也在攤車的屋頂下面藏了重型機關槍（browning），看到時我都流冷汗了。」

「你在收集街上的情報嗎？」

月下睜大右眼，奧爾森跟大地毫不吃驚地繼續吃飯。

「只要來到陌生的地方，山武必定會做這件事喔。我們也受益不少呢。」

「這城鎮明明這麼美麗，卻也設置著碉堡吶。看這種情況，說不定橋下或是重要地點安裝了炸藥呢。」

「有緊急狀況發生時不怎麼需要動用軍隊，國民自己就能變成士兵去保家衛國吶。瑞士真不妙呢，聽說連赫奇薩也會很普通地跟大家混在一起戰鬥唷。」

山武一邊吃，一邊用湯匙比向一棟建築物。

「然後，每棟住宅都有義務在下方設置核戰防空洞。馬里斯過來的話就會躲進那裡面，只有赫奇薩則是會前往事先決定好的防空洞避難。看到那個山丘上的建築物沒？那個屋頂是巨蛋形狀的房子。」

月下她們望向湯匙比的方向。

雷鳥等人前往的建築物就聳立在山崖上。

「它就是那個研究機構。不過就我聽到的感覺來說，像是國立養老院就是了吶。那兒隨時都在徵求赫奇薩的志工，雖然得一直住在設施裡就是了，不過每週可以外出兩次，而且也有薪水。每到週末，好像就會有一大堆赫奇薩下山跑去街上唷。」

山武用叉子刺進香腸。

「大部分會去那邊的人都是很難再工作的老年人啦，或是跟設施有關的赫奇薩。剛才那個女孩也很遺憾地說為什麼自己沒有刻印呢這樣……總覺得受到了文化衝擊呢，都不曉得我有多少次想說要把這隻右手切掉吶。」

山武表情複雜地望向右手，月下也是感同身受。

「對赫奇薩而言，這裡正是夢之國度吶。」

大地用有些事不關己的口吻如此說道。

另一方面，就在此時。

艾倫等人離開市區，被帶到那個研究設施。

來到正門時，眾人被遮住眼睛，然後道路出現分歧，豪華轎車跟 Harriar 被電梯運送至地底——

艾倫跟雷鳥還有武藏一起被帶去迎賓館，葵則是被運送至醫務室。

雷鳥跟武藏坐在沙發上，紫貴跟艾倫則是有如待命般站在沙發後方。

正面掛著如今這個時代已經很罕見的液晶型螢幕，委託者的臉龐映照在畫面上。

『老了不少吶，作戰籌劃家。過去的【販賣死亡的女神】如今連影子都不復存了。』

那是有著鷹勾鼻這個特徵的老軍人。這是用熱線連接瑞士聯邦局的通訊。

「你是巴休少校？是【舐血的巴休．史東修坦】嗎？哈，我可真是嚇了一跳，想不到你會去當聯邦議會的議員。」

老軍人也就是巴休，感到無趣地用鷹勾鼻發出冷哼。

『哼，這是明升暗降的人事調度。【武士之刃】……你也一樣。被你打斷的右臼齒如今已變成傳說，在我軍內部代代傳頌著唷。』

說到這裡，巴休將手指放進嘴裡，露出已經不見了的臼齒。

「嗯～～？……啊！是慕尼黑奪還作戰那時的將校嗎！你是瑞士軍人啊，我們都變老了呢。」

武藏浮現親切笑容，巴休也被逗笑了。另一方面，雷鳥點燃了一根香菸。第二十三次的戒菸失敗了。

「不是為了暢談往事才把我們叫出來的吧？快點說究竟有何貴幹如何？」

『……啊啊，是吶。』

巴休一句「那就從結論說起吧」，開始講起這次的來龍去脈。

『瑞士聯邦極機密地進行了三十年以上的『赫奇薩刻印移除』研究。』

紫貴瞪圓雙眼。

「傳聞是……真的呢。」

『那個研究終於進入了最終的調整階段，我們打算於近期進行移除刻印的實驗。』

雷鳥甚至沒注意到夾在手指上的香菸落下了煙灰，巴休的話語就是這麼具有衝擊性。

『在這段期間內 EIRUN CODE 要停留在這座島上，並且迅速排除我們認定為外敵的存在。另外實驗一旦成功，要跟明國進行交涉，讓挑選出來的研究人員流亡明國。這就是我國要委託諸位的內容。』

「原來如此，所以需要人員名單中才會有七之叛亂的主犯——大和的名字在內吶。」

雷鳥將香菸壓進菸灰缸。

『瑞士當局長年要求聯合國改善對赫奇薩的境遇……只要繼續施行這種會留下禍根的體制，人與人之間就會在馬里斯這個共同敵人面前自相殘殺。實際上也出現了名為仁．長門的解放者。』

艾倫一邊聽，一邊在心中表示同意。

『赫奇薩與人類，介於兩者間的濠溝深之又深，在子彈來回飛梭時還好，然而在如今這種緊張態勢下，一旦有人不小心將手伸向按鈕，勢力的均衡就會如同雪崩般崩塌吧。各國會冤冤相報，核子冬天會到來……地球被馬里斯啃食殆盡前，人類就會自行踏上滅亡的道路。』

巴休雙手環胸，大大地嘆了一口氣。

『……如今，世界需要滅火器。不論是怎樣的大火都能滅掉的超大滅火器吶。所以以 EIRUN CODE，把你們的力量借給瑞士吧。』

聽完這番話語後，雷鳥用食指輕敲太陽穴。她用撲克臉做出反擊。

「哎，的確……如果研究成功的話，就會成為消除雙方爭端的決定性因素。」

「而且——」輕敲太陽穴的指頭停住了。

「要買賣刻印移除技術的話，現在也是絕佳的**販售時機**。」

在那瞬間，雖然只有一點點……巴休臉上仍是出現變化。

「喂喂喂，該不會是要把某些NGO團體主張的那種低俗議題當成理由吧？像是為了世界和平。這雖然是我們的義務，不過講到優先順序的話，屁股還是會排到前面的，這種鳥事比上廁所還不重要唷。」

雷鳥浮現壞蛋般的笑容，那對眼眸正在試探巴休內心的想法。

「你們想要『能夠穩定推行進口談判的新收入來源』，差不多就是這樣吧……歐洲正陷入物資缺乏的困境，就算瑞士很安全，也不表示毫無影響。」

另一方面，紫貴認為這個議論是打開話題的契機。

「記得瑞士的收入來源是醫藥品、包含軍事用途在內的電子儀器出口，以及仲介傭兵……就糧食生產面而論跟日本相同，或是在那之下。」

巴休聳聳肩，有些諷刺地笑了笑。

「哎，**也是有這種考量**。雖然有，但那個不是我的工作。我的工作是避免某處的白痴手一抖就按下核彈發射鈕。聯邦議會認為如今的聯合國相當危險。」

「關於這一點我方的意見也相同。然而，如今的世界情勢可說是藉由管理赫奇薩而勉強建立起來的。那些想馴養赫奇薩的傢伙如果打聽到這件事，肯定會殺紅眼打過來的。」

「哎，像是美軍之類的絕對不會默不吭聲吧。」

武藏也對雷鳥的預料表示贊同，巴休接著說道：

『假想敵中有很多聯合國加盟國，既然牽扯到諸多利益，同盟的合作對象也會跟著受限。因此才不是找國家，而是找傭兵合作。』

「喔──是嗎？那就當成是這樣吧……不過，我還是無法理解吶。你們高舉永世中立的理念，如今卻要我們幫忙，**這風險還是太高了**。」

有如確認作業般，雷鳥仔細地指正一個個問題與矛盾點。

「我們本來就已經很受世界關注，想要保密的話應該不是找我們，而是應該先去找歐洲聯合商量才對，這樣做才合理。」

艾倫也這樣想。如今 EIRUN CODE 有著每個國家都想交好的魅力。盡可能不願樹敵的中立國有事要委託這邊，風險實在太高了。

然而，巴休卻用料到會有這種問題的態度做出回應。

『關於此點，讓你們看看這段影片會比較快。』

畫面影像切換，看到那段影片後，艾倫嚇破了膽。

「這、是──」

映照在畫面上的是被燒掉的研究所──亞門特的身影立於火海中。

「為何愛麗絲會──」

『這項計畫曾被黑鳥……就是那個仁・長門親手逼到失敗邊緣。』

巴休這番話語，將艾倫等人引誘至謎團的入口。

大和與戀華在街上逛著逛著，又去了其他地方觀光。

「呀——！陰帝你看這個！好像迷路走進童話裡唷！」

石造街景有著歐式風格，小巷道變成蜿蜒的上坡路。民宅群隔著馬路林立著，每道牆壁上都爬著藤蔓或是花朵。

「我小時候啊！就夢想著能住在這種街道上！然後騎著掃帚在天上飛來飛去當宅配員討生活！然後就是在家裡養一隻二百五十公分高的巨大胖松鼠！還有還有——」

戀華一邊驚呼連連吵吵鬧鬧，一邊猛拍照片。帶著小孩的路人一邊微笑一邊通過她身邊。

「丟臉死了可以停下來嗎!?這樣看起來像是蠢觀光客，求妳饒了我好嗎！」

大和出言拜託嗨翻天的戀華，然而戀華是壓根兒就沒聽進去嗎？只見她咻的一聲衝上坡道，替在圍牆上睡覺的貓兒拍照片。

大和眼睛半閉地放棄了。

（我忘了這個女人是日本某知名動畫的粉絲。那部有魔女登場的動畫，她說自己看了上百次吶。還有，那個毛茸茸精靈的原型不是松鼠，而是鶥鴞。）

順帶一提，大和喜歡那個努力幫助被巨狼養大的公主的故事。

（不過為何不惜把雙條留在明那邊，都要允許我帶人同行呢？）

這次自己得到同行許可，令大和感到疑心。

（而且連明星都帶過來了。雖然也想逛逛瑞士，但這麼輕易如願就表示……）

大和把石板的疊法記到腦海裡，一邊自己也爬上坡道。

（是要賣人情給明嗎？為了去除我心中對婆婆的負面情感……不，對那個婆婆來說，這種瑣事連卡在喉嚨裡的小魚刺都稱不上吧。那又是為何？）

想著想著，大和來到戀華身邊。

「這裡的建築物為什麼這麼撩動女人心呀！」

「感覺像是把歐洲鄉下的建築樣式原封不動搬過來吶，隱約像是瑞典古時候的街景。」

「嚯——陰帝很博學呢。」

身邊有如炸開般綻放出惹人憐愛的笑容。

《大和A夢也太博學了。》

腦海裡回憶起當時神無木綠的笑顏。

兩個少女的笑臉瞬間重疊，大和感到不妙，將臉移向旁邊。

戀華再次拍起照片，完全沒察覺到大和心中的這種念頭。

大和對自我設限，不讓自己把戀華跟綠看成同一人。強迫戀華接受這種自私的情感，就等於是在踐踏她的心情……他有好好地理解這件事。

腦袋冷卻下來後，大和望向戀華的側臉。

（仔細想想，這一年完全沒時間可以放心吶……這傢伙跟我都是。）

大和為了自己的目的而接近戀華。戀華在政變前就是前任國家元首的親生女兒，而且又是赫奇薩。對於想要成立赫奇薩之國的大和來說，明戀華這名女性的形象完全兼具了所有條件。

（跟我年紀相仿的千金小姐，不論是睡覺還醒著時都在跟馬里斯或是恐怖分子打仗……仔細想想這種事也太反常了。）

然而知道她的為人後，大和變得無法輕易分辨公私了。良心這種不純物質在心中躁動。明戀華是一個很好利用、但一直利用下去會讓人良心過意不去的少女。

淺白地說，她有著令人困擾的個性。為人善良又好騙，然而本性卻很高潔又有骨氣——要說有什麼事是大和沒料想到的話，那就是他過度將情感移入了自己要籠絡的對象。大和無論如何都會在不經意的瞬間，將綠與戀華看成同一人。

（有沒有刻印為何會差這麼多呢？）

他用厭惡眼神望向自己的右手背——赫奇薩的刻印。

（不由得讓人覺得神無木這傢伙……如果不是赫奇薩，絕對會有更加不一樣的人生。）

戀華在遠方樂天地揮著手。

「陰帝～～！我要把你丟下囉——！」

大和定神邁出步伐，同時小聲地輕喃。

「絕對不能……重蹈神無木的覆轍。」

大和與戀華，在那之後也度過了安穩的時光。

魔人的背影站在化為火海的夜晚街道上。

『這是二十三年前，本國（瑞士）受到襲擊時拍的照片。之所以特意買下印尼小島躲起來進行研究，也是為了預防他的襲擊。』

艾倫凝視亞門特的照片。

「仁是赫奇薩的同伴，為何要妨礙拯救赫奇薩的研究？」

『吾等也不得而知，櫻之劍的行動中也有很多無法理解的地方。』

仁那個人不可能做沒有意義的事情，應該想成有個中原由才對。然而艾倫同時也有一個想法，完美主義的他如果聽到這件事——

（恐怕……這次他會確實地搞垮研究。）

『如果他聽說這項研究繼續進行下去，就很有可能會再次現身。而且這次還會率領能跟聯合國軍隊抗衡、甚至在那之上的軍隊過來。』

巴休輕輕嘆氣。

『就算我軍很精悍，頭頂突然出現六個師團分量的戰力也不可能應付得過來。這一點，前陣子中國軍已經親自示範給全世界看了。』

巴休的視線望向艾倫，雷鳥感到那道視線正是瑞士聯邦真正的想法。

『對他而言數量不構成威脅，能對抗他的只有EIRUN CODE的鄰人。而且還是打倒MI02目標國王種、跟那個仁・長門擁有相同力量的艾倫・巴扎特……就只有你。』

艾倫不由得想說些什麼，卻又立刻閉上嘴巴。

『我要說的就是這些，後面的細節由他接手。』

巴休說完後，一名身材細瘦的科學家有如接替般開門進入室內。

『他是漢尼拔・邦茲，這間研究所的最高負責人。邦茲，你要好好裝乖唷。』

「知道啦，巴休。」

男學者戴著鱉甲眼鏡、年紀約為五十多歲。他身材雖瘦、聲音卻很年輕。

巴休一句『對了對了』再次向艾倫搭話。這次並不是聯邦局職員的面孔，有些像是在跟朋友搭話的表情。

『有你出現的那個動畫，我有看過喔。你的世界真的有那個故事中描繪的文明嗎？』

艾倫瞬間打算推敲巴休的意圖。不過看到那張臉孔後，以小人之心度君子之腹的做法反倒讓他感到羞愧。艾倫爽朗地報以笑容。

「是的，就我而言雖然極為不悅……不過跟動畫（那個）描寫的一模一樣。」

聽到這句話後，巴休笑著說「是嗎！」

『等一下可以請你簽名嗎？我完全變成你的粉絲了。我小時候就想成為太空人……所以非常羨慕在宇宙四處雲遊的你呢。』

這是巴休在這場會談中初次露出的笑容，艾倫略微苦笑回應道：

「如果不介意是在簽文件的簽名，要幾張都行。」

紫貴用陶醉視線凝視艾倫這樣的側臉。

有如發情般輕咬自己的小指。

同一時刻——祕密研究設施．醫務室。

「我是在幹麼啊……」

葵在棉被裡抱住肚子，沉浸在自我厭惡之中。

「難得來到南島的說，明明想替隊長分憂解勞的說。」

《曉的餐點很好吃，這也是沒辦法的事。不過……一之瀨是大胃王吶。》

葵「喵呀！」的大叫一聲，用棉被蓋住頭。

「我查了一下，大胃王就是很會吃的意思嘛！我這個笨蛋！也客氣一點好嗎！至少也把丼飯控制三碗內吧！」

葵淚眼汪汪心情消沉。此時，一名白人中年女性走進室內。

「哎呀，還想說已經有人先到了，結果是一張陌生臉孔呢。」

從住院服中可以微微窺見瘦弱手臂，是那種有些營養不良的體型，綠色眼眸令人印象深刻。葵開啟放在枕頭邊的翻譯器。

「阿姨妳是誰？」

「不是阿姨喔，是瑪莎唷。抱著肚子的大貓咪。」

葵臉色發青從床上爬起來後，瑪莎溫柔地對她露出笑容。

切斷跟巴休的通訊後，邦茲博士就立刻嗨翻天。

「能跟兩位見面真的很光榮！雷鳥．冰室！武藏．結城！兩位看起來比實際年齡年輕多了！啊——！亞洲傳奇居然在這座島上！我感動至極吶！」

那種興奮模樣，就像初次來看職業足球比賽的少年似的。

「率領只由重刑犯與死刑犯這些窮凶極惡的人們構成的戰騎裝部隊（BS army）【曉】，明星所到之處必定會現身的美麗軍火商！販售死亡的女神！您曉得嗎？當時在英軍裡可是用高價在買賣您的偶像照片唷!?」

「那是往事了，漢尼拔博士。」

雷鳥有些左耳進右耳出地點燃新的香菸。

「還有武藏．結城！臭法軍（surrender monkey）雖然把您貶低為美軍走狗，但這實在是荒謬至極！您是我的英雄！報紙上提及明星時，我的胸口都會發熱呢！」

武藏有如回憶般將視線抬向上方。

「呃——是四十年前左右？我幫助了德國跟英國，所以好像被追捧了一陣子吶。」

「我的家庭是逃向內陸那邊的就是了。歐洲聯合接連吃下敗仗！一座座城市也慘遭踐踏蹂躪之際，您的登場真的很戲劇性！當時還是少年的我完全被您迷住了喔！當時收集的剪報我現在都還留著呢！」

不符合年齡的態度讓艾倫難掩吃驚，紫貴小聲地講悄悄話。

「校長他們這麼有名嗎？」

「是兩人還年輕時的事情呢。因為當時還不能像現在這樣把鄰人分配到國防戰力之中，也無法對赫奇薩進行管理。美軍會帶著鄰人去不同的地方介入戰鬥喔。校長那個作戰籌劃家的外號也是在當時得到的。」

「支撐亞洲戰線，適任者的原點！皇后種討伐數歷代第一的武士之刃！慕尼黑奪還作戰跟威爾斯攻略戰那時也是，沒有您是不可能達成的！您證明了一件事，武藏・結城！」

漢尼拔用力握住武藏的手，武藏有點被嚇到，卻還是立刻改變了想法。漢尼拔眼眶含淚地說道：

「一人之力也能改變世界……您證明了這件事，所以才有今天的我。」

漢尼拔一句「失禮了」，然後拿出手帕擦拭眼角。

「把赫奇薩變回人類……這條路就像漫無目標走在草木不生的荒野似的。不過贊同者增加了一人、然後又多了兩人……不久後連國家都對我的研究伸出援手。當我回過神時已經過了三十五年，說是漫長還是短暫才好呢。」

（三十五年就只做著這件事。）

艾倫用這段時光的長度衡量到漢尼拔投注的所有情感。

「我有一個無論如何都想實現的心願。」

漢尼拔用坐姿向雷鳥跟武藏低下頭。

「我想把妻子變回人類……讓她再次踏上祖國的大地。」

瑪莎把藥瓶放回藥架。

「我去年得了白內障喔。雖然有動手術，但左眼變得有點看不清楚了呢。」

「是喔。」

葵盤腿坐在床上。吃下胃藥後，她已經完全恢復精神了。

一看到瑪莎右手上的刻印，葵的戒心就立刻煙消霧散。

「漢尼拔說要在我的眼睛更加惡化前帶我去法國，不過其實也無所謂的說。」

「咦？阿姨妳不是瑞士人啊？」

瑪莎坐到床邊。戴上老花眼鏡後，她用橫式文字在紙本調查表上填入一些訊息。葵以為是英文，但那個卻是法文。

「我是在法國出生的唷。不管是現在或是以前，法國對赫奇薩的待遇都很嚴苛。我變成赫奇薩後，全家就立刻亡命到瑞士了。我長大後在一家小藥廠就職，那裡的藥都是賣給一間研究所的，而我丈夫漢尼拔就是在那兒工作。」

葵大吃一驚探出身軀。

「欸!?在瑞士這裡，就算是赫奇薩也能普普通通地就職或是結婚嗎!?結婚對象是怎樣的人？是赫奇薩？」

「Non，是普通人。他嘛，是呢……每次見面都會盯著我的屁股猛瞧喔。」

瑪莎覺得很滑稽地笑道。

（那個……我們這裡也有類似的人。）

武藏老人豎起大拇指畫面浮現在腦海中。

「而且只是一聲不吭地看著，連摸都不摸。就算現在回想起來都覺得很噁心唷，心情不好時我還賞過他耳光呢。」

（呃不過沒動手動腳就勝過那個禿驢了吧？）

腦海裡的武藏用雙手比出勝利手勢，葵感到不耐煩。

「從初次見面後過了大概兩年左右吧。就在我跟平常一樣送藥過去，跟平常一樣準備離開時，他突然大聲向我求了婚。我真的嚇了一大跳，因為我們可是完全沒閒聊過唷。」

聽到這些話後，葵對漢尼拔這個人並沒有那麼壞的印象。

「啊，不過專家學者中好像就會有這種人呢。我們這裡也有一個不曉得會搞出什麼花樣的傢伙。」

浮上腦海的人是飛鳥。如果是飛鳥的話，葵覺得就算她做出這種事也很正常。

「不過他感覺很努力，而且也不會花心的樣子。再來就是……是因為之前待過法國嗎？我覺得自己對身為赫奇薩這件事有很強烈的自卑感喔，所以才會更加感到開心吧。」

「……嗯，這個我懂。對方是普通人吧，絕對會很開心的。」

葵也覺得如果自己站到同樣的立場上，說不定就會被這番話語綁住。

赫奇薩的自卑感就是如此根深柢固且強烈。

「雖然膝下無子，只有皺紋一直變多……不過，嗯，我現在很幸福吧。」

瑪莎拿下老花眼鏡露出笑容，那是漂亮得變老的成人微笑。

鄰人運輸艦有明——鄰人第一出擊機庫。

飛鳥罕見地在工作桌前工作，她正戴著單眼顯微鏡製作東西。

「對不起呢賽蓮蓮，校長在那邊囉哩叭唆地說要裝上這個吶。」

「沒關係。」

賽蓮坐在隔壁的椅子上。只要轉向旁邊，就能看見狄絲特布倫的巫婆帽。

這裡是位於有明內部的狄絲特布倫格納庫，狄絲特布倫的胸部被鋼鐵圍欄圍住固定著，作業臺放在牆邊，有兩人在那兒。

二十公尺下方的空曠場所上有一架戰騎裝，上面接著一大堆纜線。那是日向的格蘭二號，從格蘭二號那邊傳來日向的嘆息聲。

『嗚嗚——我也想去觀光啦。』

飛鳥拿起放在作業臺上的麥克風。

『小日向閉上嘴巴快做！側邊可還沒調整好唷！在那邊挑毛病說快速射擊時會瞄不準的人可是小日向唷！』

飛鳥的聲音透過擴音器回響在機庫內。

「真是的。好，差不多就這樣吧。把那隻海豹借我，那麼這邊給小狄絲。」

飛鳥從賽蓮手中接過布偶，然後做為代替品，將直徑三十公分大的「巨鈴」交給賽蓮。

「？小黑。」

賽蓮高高舉起鈴鐺後，狄絲特布倫從圍欄縫隙伸出觸手，從賽蓮那邊收下鈴鐺。

「接觸盤那邊我裝了電磁鐵，所以要貼在哪邊都行唷。不過它棒就棒在亂動也不會掉呢。」

飛鳥的註釋讓賽蓮靈機一動。接受到那個靈光一現的想法後，狄絲特布倫將鈴鐺裝在女巫帽內側——自機的脖子根部。賽蓮走到扶手那邊望向狄絲特布倫。

「小黑好可愛。」

「賽蓮蓮，海豹謝了。」

飛鳥交還玩偶，看到它後，賽蓮大受衝擊。

「好、好帥氣！」

白色海豹布偶上裝了有如獨角獸般的角狀物。

飛鳥抬頭仰望狄絲特布倫。

「小狄絲的腦波接收距離八公里就是極限了。如果就這樣把小狄絲放在有明的話，在那邊有事發生就不能呼叫它了不是嗎？」

「喔～～」

布偶讓賽蓮兩眼發光，抱住它後，比布偶頭部還大上許多的乳房就這樣擱在上頭。看到這副模樣，飛鳥暗自心想「好大吶」。

「只要帶著它，在方圓一百公里內都能跟小狄絲通訊唷。」

賽蓮單手高高舉起布偶。

「咻哇!!」

玩偶的角有如玩具雷射槍般發光，狄絲特布倫的眼部攝影機也發出珍珠色白光。飛鳥背上湧現一股寒意。

狄絲特布倫弄壞圍欄，展開機械手臂。其中一根固定架倒塌，日向在下面「呀——!」的一聲發出尖叫。

飛鳥抱住賽蓮制止她，賽蓮「乖——乖——」地安撫狄絲特布倫。

飛鳥拭去下巴上的冷汗。

「呼，還以為會死掉呢。」

就算遠離有明，賽蓮也能像這樣呼叫狄絲特布倫了。

同一天．十九點．瑞士屬地孤島．祕密研究設施。

集合時間到了，其他的隊員也陸續進入所內。

這裡的外表是有著巨蛋狀屋頂的白色建築物，與其說是塞進一大堆高科技設備的醫療設施……倒不如說是養老院。然而，這個只不過是欺敵的假象。

研究設施就蓋在醫院地下六十公尺處。

EIRUN CODE 在其中一間會議室集合，現在正在用視訊通話聯絡明那邊的茜跟水久那。

艾倫站在白板前講話，其他隊員們則是坐在對面旁聽。艾倫講完後，隊員們都啞口無言。

「那個是，真的嗎？」

大和聲音發抖反問艾倫，身邊的戀華則是唇瓣顫抖。日向跟葵則是露出至今仍無法相信的表情。

「那麼——是什麼？刻印消失意思就是——」

「我們……能變回人類嗎？」

山武僵著表情詢問大地，大地一邊看自己的刻印一邊啞然失聲。

紫貴啪的一聲拍響手心。

「別太武斷了，現在還只是有這個可能而已。請大家先做好心理準備。」

紫貴對眾人如此說道，這句話也是對她自己說的。

「不過漢尼拔所長表示可能性極高。他也答應只要確立治療法，就會先行治療EIRUN CODE的赫奇薩。你們可以光明正大地變回人類了。」

艾倫堅定地說道後，奧爾森突然哭了起來……不久後，其他人也哭了——此地的所有人都是因為變成赫奇薩而讓人生整個亂套、被強加義務跟馬里斯戰鬥的孩子們。

用不著說迫害赫奇薩、將他們逼入絕境的就是現今的社會。對將來的不安，身為赫奇薩的自卑感，以及被馬里斯盯上的恐懼——

並不普通的事實，究竟讓這些孩子受到多少折磨呢。

艾倫在心中察覺到他們的所有苦澀。

雷鳥也跟艾倫的心情一樣，眺望著孩子們。那是家長看著心愛女兒跟孫子時的表情，然而雷鳥卻再次變回司令官的臉龐。

「不過一旦接受委託，也會背負重大風險唷。」

「仁·長門。」

月下滲出恐懼感地如此低喃，大地也吞了一口口水。

「要摃上那個墨鏡嗎……」

在這裡的所有人都有看玩偶·華爾茲·鎮魂曲。

眼前的艾倫展現了跟動畫劇中如出一轍的力量，不難想像主角仁·長門也擁有動畫中的那種力量。

而且不久前，櫻之劍才向世界展示過他們輕易打下了中國最大的保管領土。

「不只是那個黑漆漆，連鄰人軍團也一起嗎？」

山武發出低沉的聲音，有好幾個人都無言地同意這番話語。

「他可是只要有那個意思就能支配宇宙的怪物吧……有辦法贏過那種傢伙嗎？」

月下雙手環胸詢問艾倫，相對的艾倫則是用沉默回應。他有如沒聽見月下的提問般，解說作戰計畫的細節。

「停留期間為兩星期。據說我們抵達的時間較晚，所以這段期間會比預定的還要短。停留期間如果有對象被認定為外敵，我們就要跟瑞士軍聯手戰鬥擊退對方。」

艾倫開始說話後，月下也沒繼續追究下去。

「實驗成功的話，就帶走這裡的專案小組，把他們護送至明國。瑞士希望抵達後能把這些人藏匿起來，事情就是這樣。如何呢，明國代表？」

「嗚嗚，沒問題，我方沒理由拒絕。可以的吧，陰帝？」

大和點頭表示同意。

「只要這項實驗成功，就能打開一條道路拯救全世界的赫奇薩。不希望跟赫奇薩共存的人會卯足勁妨礙我們吧。如果事情進展得不順利，那不只是馬里斯，我們甚至會跟國家為敵。」

在場的所有人身上都掠過一股寒意。

在馬里斯蔓延的現今世界情勢中，赫奇薩的存在會直接關係到許多人的生死。因此蒙受損失的人會斷定 EIRUN CODE 就是「邪惡」，也是理所當然的事情。

「一個搞不好就會有軍隊跑出來，意思就是這是燙手山芋囉。」

「美國那邊聽到這件事，是絕對不會善罷甘休的吧。」

月下喃喃低語，大地開口附和。艾倫用嚴肅語調再次詢問眾人。

「把力量借給瑞士就是這麼一回事。我要在這裡向各位確認……你們有這種覺悟嗎？」

艾倫是在問「有沒有跟世界為敵的覺悟」。

不過，有人立刻就表示「我做」。紫貴吃驚地望向她。

「賽蓮。」

「……跟之前一樣，我們一直都是拚死拚活，輕鬆的事情連一件都沒有。」

賽蓮的淡藍眼眸露出強烈光芒，直勾勾地正視艾倫。

「所以……我做，絕對不會輸。」

艾倫真的覺得賽蓮變強大了。葵也有如贊同賽蓮般浮現猙獰笑容。

「我也贊成。我們這一路上喝了一大堆泥巴水，事到如今也不覺得可以白白得到幸福……可以的喔隊長，不管對方是誰我都會戰鬥的。」

月下抬頭仰望天花板默默思考，不久後也做出決定。

「就是所謂的不入虎穴焉得虎子嗎？好喔，我也上車。」

「欸，這不就是不能說喪氣話的氣氛了嗎——」山武如此表示。

「你在說啥啊山武！來多少殺多少就行了！」

奧爾森亢奮地站起來，大地則是在旁邊雙手環胸。

「不論是什麼決定，我們都決定要在總隊長的旗下戰鬥了。」

另一方面，日向則是變得有點舉止可疑。

「我、我想跟老公商量後再考慮吶。因為這次的事情規模實在是太大了。」

『喔，我沒差唷。』

艾倫右側立刻浮現新的光學畫面，瞇瞇眼整備部長橘柔吳映照在那邊。

「親愛的!?」

『不是赫奇薩的話就能去本土了吧？我想去看看北陸的旅館或是橫濱中華街呢。這樣不是很好嗎？只要想成是蜜月旅行的選項變多就行了。』

「真是的，把話說得這麼簡單……好，我明白了。我會聽從丈夫的決定。」

日向用半放棄的表情垂下雙肩，接著視訊裡的水久那說道：

『我也沒問題。因為就算不接受這項委託，我覺得 EIRUN CODE 接下來也會被捲入戰火之中。』

在畫面中，水久那換成宿儺。

『反正還剩下ＭＩ01目標。跟跑去打倒國王種相比，做這個要可愛多了。是吧隊長？』

艾倫浮現堅強笑容回了一句「是呢」，接著回過頭望向眾人的臉龐。艾倫親自感受到了他們的認真與覺悟，最後他向大和問道：

「七扇，我想聽你的意見。」

大和知道自己的心臟猛然撲通一跳，有如要壓抑亢奮鼓動般緊抓胸口。

「……今天我逛了這個國家，心裡有一些想法。」

他在異國之地來了場美食巡禮，雙手掛著自己覺得還不錯的衣服跟伴手禮。

不管是哪一件事，都是變成赫奇薩後初次有過的體驗。

而且……每一樣都是他覺得今生無望而放棄的事情。

「神無木生前發下豪語的那個『讓赫奇薩能安心過活的世界』，我覺得這個國家就是其中一種完成形。那傢伙在談論夢想時，我想一定有很多人想對她說『給我看清現實』，也有很多傢伙覺得她真傻而把那些話當成耳邊風吧。」

大和在內心要自己別再說了，叫自己別說出如此丟臉的話語，然而嘴巴卻違背想法擅自動著。

「不過如果是現在的話，我敢說那並非夢想或是虛幻……而是蘊藏著實現可能性的遠景。」

大和在膝蓋上握緊拳頭，用強烈的眼神回應艾倫。

「所以我想證明，證明那個女人的夢想並非妄想，證明那傢伙絕不是白白死去。」

大和感到眼頭深處發熱。居然說出這麼丟臉的話語，自己明天絕對會後悔的吧。

「那傢伙獻出的生命，將我們引導至今日。既然如此……我想實現這件事替那傢伙洗去遺憾。」

雖然並非刻意，大和仍是將一根燒得火紅的棒子插進葵、月下、日向、紫貴、水久那——規格外十名數字（ten number）的胸口。就算不化為言語，大家的想法也都一樣。

「就算在這裡的傢伙都表示反對……我也要做喔。」

大和強而有力地做出宣言。在這樣的大和身邊，戀華用有些寂寞的表情垂下臉龐。

她有從大和口中聽過神無木緣這名故人，在旅途中紫貴也告知了詳細經過。她是何種人物，又是如何身亡的。

而且從方才的口吻中……戀華察覺到大和對緣是怎麼想的。

另一方面，聽完這番話語後，艾倫點頭表示「我知道了」。正在他準備要整合行動方針時——

『請等一下！』

只有一人，在現場表示異議。

『我……我反對！請再重新考慮，艾倫先生。』

「陽葉？」

妖精之三．陽葉茜無意參與這項行動。

『仁．長門會出手妨礙的理由……可以想到的是馬里斯之戰會因為赫奇薩減少而產生變動吧。馬里斯戰術上會應用到的赫奇薩以及運用鄰人的鄰近者，我想會因為這樣而變得難以保有數量。』

茜一句「不過」累積話語。

『現在被聯合國認定為敵人很不妙。就算 EIRUN CODE 變強大了，聯合國軍群起而攻的話還是沒有勝算。而且不覺得奇怪嗎？』

茜露出沉思表情。

『就算聯合國自亂陣腳好了，這麼離譜的研究進入最終階段卻沒察覺到瑞士的動向……我覺得事情也太美好了。』

不只是艾倫，也有好幾個人眉宇罩上陰霾。

『現在聯合國確實忙著組織軍隊，為了迅速鎮壓．殲滅櫻之劍。假設這項研究會成功吧，如今將加盟國之間的關係勉強維持住的只剩下對赫奇薩的恐懼感，因此理事會裡的主戰派不可能對這種情況默不吭聲。』

茜緊張地吞下口水，有如在腦中確認某事似地頻頻點頭。

『假如我是潛在敵國的司令官，就會在 EIRUN CODE 抵達前炸飛這座島。』

的確如此，艾倫也如此心想。這種想法說得通。

『可是卻沒有這樣。**在現階段沒對這裡採取任何行動**，這樣反而很詭異。』

然而對茜提出意見的人，出乎意料的居然是飛鳥。

「嗯～～小茜是不是有點想太多了？」

飛鳥一邊閱讀漢尼拔的研究報告，一邊舉起手。

「這種情報戰有著爾虞我詐沒完沒了的地方，就算有所察覺，也不可能全部洩漏吧？而且應該假情報應該也像大海一樣流動著。瑞士聯邦也是賭上了性命吧？畢竟這可是一個搞不好整個國家都會被炸飛的案件。」

『這……』

飛鳥的意見讓茜啞口無言，飛鳥的意見也是事實。

沉默自然而然到來，意見全部到齊，所有人將視線集中至艾倫身上。

艾倫默默思考，不久後有如下定決心般抬起臉龐。

「我想盡早讓你們解開赫奇薩的咒縛。」

艾倫回過頭，對視訊裡的茜露出笑容。

「如果有什麼萬一，我會全力應付的，所以能助我一臂之力嗎？陽葉？」

另一方面，茜原本想說些什麼，卻又把話吞了回去。她沒能抹消心中不安，就這樣用苦笑回應。

『……真是的，這種問法好狡猾喔。』

茜在畫面另一端垂下臉龐，最後說了句『我明白了』表示同意。

艾倫重新面向所有人，高聲做出決定。

「於此時此刻，EIRUN CODE 接受瑞士聯邦的委託！」

以大地等人為首，所有人都重新打起精神。

「這項作戰行動一旦成功，就能打開拯救全世界赫奇薩的未來！不過，我不會在這裡命令各位為了別人而戰！為了自己的未來……絕對要達成任務！」

「「「「是!!」」」」

就這樣，EIRUN CODE 與瑞士聯邦的聯合作戰行動開始了。此時光就事實而論……對全世界的人們更不幸的是——

仁・長門尚未察覺到這個情況。

Ⅳ安穩與目標

隔天·八點半·國立養老院·病理棟。

這裡是研究所位於地面的表面形象——養老院的多功能廁所。

三人組一身白衣，努力地打掃著。是大地、奧爾森、山武等三人。他們戴著口罩跟橡膠手套全副武裝。山武一邊擦拭便器，一邊口吐怨言。

「……我昨天晚上想了超多事情唷？像是覺悟啦，未來的事之類的，還有變回人類後要做什麼。然後，我今天早上幹勁十足地起了一個大早。」

「喔，你好像四點半就去晨跑了呢。」

奧爾森一邊用酒精噴霧器噴盥洗臺，一邊如此說道。

「閉嘴吧。」

大地隊長用會出汗的力道使勁拖著地，地板上的汙漬令他介意。

「欸！這個不就是普通地在打掃廁所嗎！我們可是星辰小隊唷!?是在米力歐塔留言版那邊正熱烈討論的【音速死神部隊】超級王牌三人組耶!?」

「這是臥底任務的一環喔，別抱怨了。好臭！」

奧爾森倒拿塑膠桶後，包著髒東西的紙尿布掉了出來。

「畢竟風神也搬到了這裡的地底。只要像這樣混在職員裡面，一有突發狀況就能隨時衝過去吧。」

大地把酸性清潔劑倒在汙漬上，這次他試圖用棕刷弄掉它。既然隊長都默默地動手著，山武也不能不做。他再次擦拭起便器。

打掃了一會兒後，奧爾森拋出話題。

「欸，知道嗎？本土的高中有跟附近的職場進行建教合作喔。這個就像是那個呢，總覺得好開心唷。」

山武用便器刷指向奧爾森。

「啊，我知道，是叫做職場體驗的東西吧？我有聽說過，如果是安全的學校還有修學旅行呢，可以整個年級一起去京都旅行喔。我是住在東京都內的，記得我聽說這件事時超羨慕的呢！」

三人在說變成赫奇薩前的往事。另一方面，大地則是再次拿起拖把。

「念中學時我是在想什麼呢……我覺得準備入學考很累，所以打算進公立的爛高中吶，然後等時候到了就找個女人。還有我記得自己跟雙親不對盤，總之就是很想離開家裡。附近有一家塗裝廠，所以我想說不曉得那邊肯不肯僱用我……大概就只有思考這種程度的事情吧。」

大地流下汗水，這回一定要刷掉汙漬。

「然後我變成赫奇薩，被帶到第二富士，接著跟你們混在一起。身上扛著槍，因為崇拜月下小姐而坐上戰騎裝，被馬里斯追在屁股後面。」

拖把用力地摩擦地板，黑色汙漬漸漸掉落。

「也在世界各地跑來跑去呢，也曾被陌生國家的傢伙從後面開槍。昨天才一起吃過飯的朋友隔天就死了……也發生過這種事呢。」

「也被看起來像大力水手的臭軍人爆揍過吶。去年的那個我一輩子都忘不了。大家一起吃剩菜剩飯，三人一起下跪磕頭請別人施捨繃帶跟藥品的那件事。真的……如果校長跟總隊長沒過來的話，現在這個時候我們會變成怎樣啊。」

奧爾森感觸良多地說道後，山武也有如回想起來似地喃喃低語。山武吸了吸鼻子。

「什麼嘛……試著做一做，結果還挺樂的不是嗎？掃廁所這件事！」

山武強忍哭意，大地默默拍了拍他的背。地板上的黑色汙漬漂亮地消失了。

同一天．同一時刻——國立養老院．托兒所。

月下與日向換上設施制服的身影就在那兒。這裡是職員們的托兒所。二人以臨時雇員的形式從早上就工作著。

這裡排列著許多張嬰兒床，其中一個嬰兒大聲哭泣著。

「哎呀哎呀哎呀！該怎麼辦!?怎麼辦呢!?是要換尿布嗎？還是肚子餓了呢？」

日向坐在全自動輪椅上東奔西跑。

又是去拿奶瓶，又是去拿紙尿布的，忙得不可開交。其他職員們看到這幅光景都笑了。日向替大哭的嬰兒拿來紙尿布。

「啊，我知道了！是溼溼的覺得不舒服呢。馬上替你換新的唷……！」

日向在說話時，被小便噴了一臉。

日向待的育嬰室外面，是這個設施的寬敞內庭。

一副圍裙打扮的月下就在外面，兩個差不多是念幼兒園的小孩子拉著她的手。

「月下老師這隻手好酷！」

「像是鋼●人！」

月下「啥？」的一聲，舉起自己左手的義肢。

（在小鬼眼中看起來是這樣啊。）

她發出機械音，讓義肢手指一張一闔，就心境而言很複雜。

她試圖用右手搔頭，赫奇薩的刻印卻不經意地映入眼簾。

「反正都是要失去，如果是右臂就好了，記得我也這樣想過呢。」

月下一邊這樣說，一邊望向右手手背。

然後不是赫奇薩的兩個小孩驚訝地大叫「欸──！」

「這樣好浪費唷，赫奇薩明明很酷的說！」

「哥哥老是臭屁地跟我炫耀刻印呢。」

月下眨了好幾次獨眼，然後輕輕露出微笑。

「喔──是嗎？嘿咻。」

月下將兩人背到雙肩，孩子們興奮不已。月下心情絕佳，就這樣在內庭散起步。孩子們看著月下的刻印說道：

「好好唷──我也想變成赫奇薩吶。」

「月下老師妳知道嗎？聽說變成赫奇薩後，就會覺醒各式各樣的特殊能力喔。我家的哥哥可以舉起這麼重的鐵塊唷！」

「喔──這個我可不曉得。」

月下意外地覺得這種工作還不錯，同時突然浮現一個念頭，如果這是自己的小孩會是怎樣的心情呢。

「好羨慕能變成赫奇薩，打從出生以來我還是初次被別人這樣說呢。總之得先道個謝才行吶。」

月下啾啾兩聲，在兩人的臉頰各吻一下。

「……我長大後要跟月下老師結婚。」

「啊，好詐唷！那我當愛人！」

月下瞬間身軀一僵，一邊笑一邊在兩人肚子上呵癢。

「你們這兩個小大人！」

就這樣，日向跟月下以一日保母的身分勤奮地工作。

同一天・同一時刻——祕密研究設施・簡報室。

研究所這邊進行著漢尼拔博士的說明會。

EIRUN CODE 派出紫貴，明那邊則是有大和與戀華兩人出席聽講。

漢尼拔以授課的形式講解研究概要。

「開始將赫奇薩視為危險存在的那時，許多國家境內都頻繁發生找出赫奇薩的活動，而且非人道的逮捕行為也不在少數，部分地區至今仍存在著赫奇薩檢舉獎金。」

漢尼拔一邊說明，一邊切換光學畫面的影像。看到那些畫面，戀華不由得錯開視線。

映照在上面的是，赫奇薩把右腕整個切掉的照片。

「另外當時仍然欠缺赫奇薩的相關知識，因此赫奇薩自行切掉手腕的情況不絕於耳。這些赫奇薩在英語圈中被稱之為砍右手仔(right cut)或是獨臂人(one hand)，然而這樣做並不能解決任何問題，而且這個知識花了足足十年以上才廣為人知呢。」

畫面再次改變，這次是赫奇薩自斷右掌的手腕特寫照片。

被切下的右腕上又出現新的刻印。

「就像這樣，就算切除肉體部位，也會再次出現刻印。即使用外科手術切除皮膜部分也一樣。這是真實案例，每次只要有刻印出現就把手砍掉，最後刻印一路爬到了右肩那邊，這種例子也是實際存在著的。也就是說，即使那個人砍手切片了八次，還是無法逃脫身為赫奇薩的命運呢。」

「這件事很有名呢。」

「是、是嗎？我還是初次聽說。」

紫貴同意博士的話語，另一方面戀華卻是初次耳聞。

「妳們似乎有被告知鄰人的祕密，所以我就直說了……赫奇薩的刻印，確實是鄰人挑出特定人物後再附加上去的事物。」

紫貴跟大和緊張地吞下口水。漢尼拔似乎有被告知鄰人的最高機密，另外戀華也從大和口中聽過鄰人的祕密。

「這個挑選標準不在我的專業範圍內，所以在這裡就省略不提，不過有非常多人把這個刻印當成是刺青之類的東西。」

漢尼拔用簡報棒比向畫面上的刻印。

「鄰人不是種上刻印，而是改寫『人體機制』讓它變得會發病產生刻印。我們無法用自己的意志去控制指甲或是頭髮變長吧？跟這種情況一樣，即使切掉手腕，刻印還是會再次出現的理由就在於此吶。」

三名學生「原來如此」地點頭。

相對的，是因為對孩子們的反應感到開心嗎？漢尼拔講得口沫橫飛。

畫面再次切換，這次是人型剪影圖片映照在光學畫面之中。

是一張藍線從右手上的赫奇薩刻印循環至全身的圖片。

「刻印就像這樣，以每秒一微克的單位不斷向體內分泌特殊微粒子。分泌出來的微粒子會順著血液在體內循環。在體內繞行一周後，微粒子會跟血液裡的血紅素結合。發生這種結合後，排出體外的二氧化碳裡就會被摻入同樣用肉眼看不見的『孢子菌』。」

聽到這段話語後，紫貴跟大和猛然抬起臉龐，只有戀華一個人狀況外。

戀華「欸？欸？」地望向坐在左右邊的兩人。

「原來是這麼一回事呢。」

「漢尼拔所長，那個孢子菌該不會就是——」

「你們很聰明呢。沒錯，如今末期者造成社會動蕩不安，其發生原因就是馬里斯的孢子菌……它就跟這種孢子菌一模一樣。」

末期者——指的是於二〇七一年在世界各處確認到、變成馬里斯的人類。

原因被認為是馬里斯平時不斷從毛孔中排出的「孢子菌」造成的。

孢子菌會潛伏在「適合的人類」體內，經過一定的期間後就會一口氣侵蝕人體（宿主）。

聯合國（UN）把這種變成馬里斯的人類稱之為【末期者（too late）】——

現在聯合國將它們指定為第一級災害，呼籲加盟國全體撲殺。

「我有一個假設，那就是對馬里斯而言，赫奇薩吐出的氣息具有強烈的費洛蒙效果。而且這也就是你們這些赫奇薩的『被虐體質』的真面目。」

紫貴跟大和大大地點頭稱是，紫貴的表情罩上陰霾。

「那麼要阻止赫奇薩的被虐體質，就必須復原被鄰人置換的人體構造……不過這種事真的做得到嗎？」

「這個著眼點不錯呢！紫貴！所以我發現了這個！」

漢尼拔關閉光學畫面，用著火般的猛烈氣勢在白板上寫出化學式。

「只要刻印微粒子不跟血紅素結合，就不會產生這種孢子菌！既然如此，只要讓血液裡的微粒子停止活動，就能遏止孢子菌向外排放！首先施加藥物制止血液中的微粒子活性化——」

紫貴跟大和表情認真地傾聽。另一方面，漢尼拔的解說變成全是專業術語後，戀華終於被拋在後面了。她小聲地詢問身旁的大和。

「陰帝，陰帝，換句話說是什麼意思啊？這個人說的好難懂唷。」

大和露出「真的假的妳這傢伙？」的表情。

「妳啊……那個男人超會解說的唷。講成那樣還聽不懂，妳真的是人類嗎？」

「好過分！」

「我給妳五百圓，拜託妳活著時把那對胸部的營養往腦袋再多運送一些吧。」

大和用憐憫目光望向戀華如此說道，戀華遮住胸部表示抗議。

「嗚！嗚嗚！跟胸部無關不是嗎！陰帝好色！笨蛋！變態！」

紫貴感到無聊地冷哼「在演愛情喜劇嗎」。

兩天後・十一點──瑞士屬地孤島・市區。

今天艾倫、賽蓮，還有葵拿到休假。

三人捧著紙袋走下坡道。眼前雖是一片歐風街景，艾跟賽蓮卻沒露出感動的模樣。

「是因為沒小孩嗎？瑪莎阿姨把我們當成女兒照顧，連我都覺得自己被馴養了。」

昨天工作結束後，她還買了衣服給我們！而且還是胸口開這麼低的衣服耶！是在日本絕對穿不到的衣服！對吧！賽蓮！」

「瑪莎，相當溫柔。」

「是嗎？那還真是讓人開心呢。」

艾倫一邊聽，一邊跟在兩人身後。漢尼拔之妻・瑪莎跟葵似乎完全打破隔閡變得要好了，而且今晚她還把 EIRUN CODE 找來家裡開派對，因此三人才來市區一趟購買食材。

「我小時候雙親就被馬里斯殺死了。所以總覺得，所謂的母親……如果有的話，感覺就像這樣吧？呵呵。」

葵這番話語令艾倫小小受到打擊。艾倫也知道這件事，做為一項情報。

托利頓號事件——豪華遊輪遇上馬里斯，乘客慘遭啃食殺害的大事件。

據說引起這樁慘案的就是當時八歲的葵。那一天，葵發病變成赫奇薩……葵的家人被馬里斯啃食殺害了。

艾倫立刻擠出笑容。

「如果實驗成功，漢尼拔所長就會前往明國，如此一來瑪莎女士也會一起過去不是嗎？」

「欸？真的!?」

葵跟賽蓮轉過身，探頭望向艾倫的臉龐，艾倫「嗯嗯」做出回應。

「是嗎……哈哈。賽蓮，妳看那邊！有個看起來像石頭的起士！」

「起士博士，瑪莎的，伴手禮。」

兩人發足奔向櫥窗裡的圓形起士，艾倫用有些寂寞的目光追隨她們的背影。

「連雙親的溫暖都不曉得，遭受迫害……不站上戰場就無法存活至今日。」

艾倫感到厭惡。

「多麼悲慘的事。」

「嗯嗯，真的很悲慘。」

突然有人用日語應和，艾倫「哇啊！」的嚇了一跳。

「記得您是……」

看到這個人物後，艾倫啞然失聲。站在身邊的人是前總理大臣濱田優。

「好久不見了呢，艾倫．巴扎特。當時真是給你添麻煩了。」

濱田前總理淘氣地笑道。他比以前看到的那時更加發福，穿著夏威夷衫跟短褲的話，看上去就只是前來觀光的日本中年人。

「可以稍微聊一下嗎？我會請客的。」

如此說道後，濱田指向附近的咖啡廳。略做思考後，艾倫對遠方的賽蓮她們發出聲音。

「賽蓮！一之瀨！妳們稍微血拚一下，我等會兒聯絡妳們！」

「知道了！」

葵大大地揮手回應，艾倫就這樣跟意想不到的人物喝咖啡。

店內很熱鬧。被帶到木製圓桌後，兩人點了兩杯咖啡。

「你的那件事……七之叛亂後，我也被壞人們陷害，不得不立刻辭掉總理職務，之後被迫提早退休回鄉隱居。」

關於此事艾倫也有被告知，濱田內閣的醜聞被某人舉發，之後就將總理的位子交給了深川正臣。

「我在種茄子跟番茄時，冰室女士向我遞出了橄欖枝吶。」

「校長她？」

「嗯嗯，她問我要不要在海上做料理。我本來就一直有做料理的興趣就是了。她來訪時我簡單地做了幾道小菜，卻被她大誇特誇……那個人真的很會捧人呢。興趣愈做愈專業，如今就成了軍艦餐廳的料理長。」

「那麼……曉的料理就是由總理您……」

雖然感到吃驚，艾倫仍是立刻從座位上起身。他再次向總理鞠躬行禮。

「當時真是給您添麻煩了。」

濱田前總理有些吃驚，尷尬地苦笑。

「應該是我要道歉才對，這樣子不就反過來了嗎？請坐下吧。」

前總理把雙肘撐向桌面露出笑容，艾倫惶恐地重新坐到對面。就在此時，咖啡杯被送至兩人面前。

「不過像這樣談話後，我覺得你真是一個不可思議的孩子呢。」

「欸？」

「跟我至今為止談過話的人都不同……應該說有異國風情嗎？也有一股將人裹入其中的溫馨感。行為舉止有著不符合年齡的成熟，不過，偶爾又會透露出少年的青澀……你在跟我不同的世界裡過著截然不同的人生，我有這種感覺。」

「怎麼會，我這種人……」

艾倫垂下頭，然後不由自主……吐露真心話。

「比我還要厲害的傢伙，要多少有多少。」

艾倫想起的人是仁．長門。

如同玩偶．華爾茲．鎮魂曲劇中描述，艾倫．巴扎特徹徹底底就是襯托他般的存在。艾倫本人也隱約有這個自覺，因此對他有著自卑心態。

總理眺望著艾倫這種表情，有如告誡般溫柔地說道：

「……人所擁有的概念，必定會對言行舉止造成影響。」

艾倫有如被呼喚般抬起臉龐，濱田將視線移向室外桌，賽蓮她們在那邊等待著艾倫。

「就是因為你不曉得這個世界的悲哀常識，這一路上她們才會深信不疑地跟隨著你，直至今日也是。我是這樣想的喔。就算在餐廳，我也很常聽到你的部下聊著你的話題，真的讓我感到很佩服。」

「是這樣子的嗎？」

「人與人一旦相遇，就算再不願意也會產生聯繫。這件事很奇妙，自己對對方抱持某種情感時，對方也會對自己有類似的想法。能找出對方身上的優點，就是你的長處吧。而且你會很重視對方吧？因此別人也會很重視你……道理雖然簡單，做起來卻挺困難的。」

濱田拿起帳單站起來，艾倫慌張地打算拿出錢包，濱田卻對他搖了搖手。

「所以要有自信，你保持現在這樣就行了。」

艾倫感到胸口湧出一股暖意，濱田的話語正是艾倫在心中某處渴望著的事物。

「感激不盡。」

艾倫立正行禮，然後走向待在外面的賽蓮她們身邊。

看著這樣的異世界英雄的背影，總理困擾地低喃。

「年輕人明明拚命戰鬥著……我卻只做著自己喜歡的事情。」

結完帳後，濱田從口袋裡拿出便條紙。那是今晚要在曉的艦內餐廳端上桌的晚餐食材清單。

「說不定我也差不多該考慮未來的發展了。」

或許穿上西裝的日子還會再臨。

濱田優隱約有這種預感。

同一天・二十點・漢尼拔宅邸。

漢尼拔的宅邸就在距離研究設施二十公里車程的地方。

EIRUN CODE 今天受到邦茲夫婦邀請參加家庭派對。

奧爾森跟月下在庭院那邊用烤肉用具煎牛排。

山武跟大地分切烤好的肉，然後把肉分送到庭院跟客廳的桌上。

在沙發那邊，武藏正拿著酒瓶大口灌酒，漢尼拔則是因為沒喝慣的酒而滿臉通紅。武藏的傻氣笑聲響徹家中。

漢尼拔宅邸有兩個中島廚房，其中一個正由瑪莎跟賽蓮快樂地使用著。在不認識兩人的外人眼中，看起來或許就像是真正的母女。

然後，在另一個廚房那邊——

「大和醬——！小菜還沒好嗎？」

大和專心一致地甩動中華炒鍋。

（為何！為何！這是為什麼！）

「陰帝！五號隊的大家還要再追加五人份的炒飯，除此之外還要豬排丼？還有飛鳥小姐要咕咾肉！再來就是武藏先生想吃把鯖魚切碎的東西！」

大和做著料理，戀華則是身穿旗袍送餐。

開高衩的縫隙透出肉感十足的大腿，每次拿起或放下盤子，碩大胸口就會軟綿綿地晃動。

「那個老爺爺是笨蛋嗎!?是吶他是笨蛋！甚至沒畫在印尼地圖上的小島怎麼可能買得到鯖魚——」

「冰箱裡有一整隻唷？」「就算是印度洋也捕得到鯖魚呢！」

戀華從冰箱拉出鯖魚的尾巴後，大和忍不住大吼。

「好得很，做就做啊！看是要生魚片還是豬排丼或是滿漢全席我都做給你們看！」

大和用力把鯖魚擺上砧板，用自備的日式菜刀露了一手殺魚去骨的手法。

戀華則是用自己的步調混合咕咾肉的調味醬。

「大家平常都是吃這種東西的嗎！我們的廚房就像在打仗呢！」

「老爺爺跟五號隊要另當別論！那個女人食量大到會讓人覺得食物是進到哪兒去

了喔！『想吃能在日本吃到的東西吶，好喔，給我做』……個頭咧！」

大和切好豬肉再裹上麵粉，然後動作迅速地倒進油裡。在隔壁的洗碗槽處，戀華正著手清洗堆積如山的碗盤。

「那邊的桌子正在用居家氛圍準備瑞士起士鍋耶！」

「差真大吶！負責那桌的廚房就好了說，真是的！」

大和一邊用大頭菜雕菊花，一邊發出可憐兮兮的聲音。然後，一副圍裙打扮的賽蓮走向這邊。

「戀華在呢。要吃起士鍋，過來。」

「啊，有人在找我了，那我離開一下唷。」

戀華若無其事地放棄調理場。

「反正早就知道會這樣了啦，慢走！」

大和孤立無援的戰鬥仍在持續中。

有瑪莎在的餐桌上，紫貴、葵、戀華、艾倫圍著起士鍋坐著。大盤子上擺著蔬菜串跟麵包之類的東西。

女性陣營將蔬菜串放進冒著泡的濃稠鍋中，再送入口中。

「那個人在那邊一個人大叫啥啊？呼──呼──」

「七前輩有時候很噁心呢。給，隊長！」

紫貴跟葵辛辣地給出意見，艾倫接下葵遞出來的蔬菜串。

「啊，嗯嗯，抱歉。」

艾倫望向廚房那邊，心生同情。

「哈呼，起士好濃唷～，相當好吃呢！」

戀華似乎初次品嘗正宗的瑞士起士鍋，所以正在跟融化流下來的起士格鬥中。

此時，賽蓮跟瑪莎拿著大盤子走向這邊。

「來來來，瑞士薯餅跟瑞士水果派烤好囉。」

葵從座位上起身，探頭望向瑪莎的盤子。

「水果派？阿姨，這個像是派的東西是什麼呀？」

「是放了蘋果跟馬鈴薯，還有洋蔥跟起士的派喔。派皮烤得酥酥脆脆的，很美味唷。」

「嘛，我是無法容許蘋果沙拉跟咕咾肉鳳梨的那一派耶。」

葵露骨地露出厭惡表情，瑪莎分切了一片派，放到葵的盤子上。

「不可以挑食唷，會變醜八怪的。」

「不可能變的吧。啊嗚……好吃！」

才咬了一口派，葵的態度就出現大轉變。另一方面，艾倫則是被賽蓮的盤子吸引目光。

「賽蓮，這個是？」

「瑞士薯餅，把馬鈴薯跟洋蔥切絲再烤到脆。以前媽媽替我做過。」

乍看之下像是用洋蔥跟馬鈴薯做成的鬆餅，對賽蓮而言這個就是鄉土料理。賽蓮跟瑪莎也跟著入座。

「賽蓮跟我一樣是法國出生的呢，她知道做法讓我吃了一驚唷。」

賽蓮有如撒嬌般抱住瑪莎的手臂。

「好好好，撒嬌鬼。」

「欸阿姨，我想喝柳橙汁。」

「我說妳啊，稍微客氣一點吧。」

嚼著食物的葵開口催促，紫貴立刻出言提醒。

「沒關係，紫貴。這樣感覺像是有了女兒，所以很開心呢，畢竟我們膝下無子。妳們今天要留宿吧？明天也能過來的話我會很高興的唷。」

瑪莎從座位上起身，賽蓮也跟了過去。

另一方面，紫貴在瑪莎離去後忍不住說了真心話。

「……我跟綠都是孤兒院長大的，葵也是早早就失去雙親，所以不是很懂家人同桌吃飯的感覺呢。這種狀況讓我有點靜不下心。」

紫貴放下刀叉，露出不知該怎麼表現才好的臉龐。

艾倫對她微微一笑說了句「是嗎」，就在兩人用眼神交流時，戀華開口搭話。

「我一直想要問，紫貴小姐跟艾倫隊長是，那個……正在交往嗎？」

艾倫噗的一聲噴出食物，紫貴則是猛然探出身。

「看起來像嗎!?果然看起來是這樣!?」

「那個……兩位有種瞭解彼此的感覺，如果我搞錯的話那就抱歉了。」

艾倫咳個不停。

「明、明代表，我們之間只是長官跟部下的關係，絕非這種——」

而另一方面，紫貴正天馬行空地妄想著。

以艾倫・巴扎特未婚妻的身分登上媒體↓網路上罵聲不斷，自己沐浴在全世界的嫉妒下放聲長笑↓結婚・洞房花燭夜・同居↓艾倫在病房一邊哭一邊抱著剛出生的嬰兒，開口誇自己很努力。

她花費兩秒鐘妄想至此。另一方面，聽到這番話語後，葵捧腹大笑。

「啊哈哈！沒門沒門！紫貴這種貨色，隊長根本不會放在眼裡的不是嗎！戀華小姐，妳就別說奇怪的話了！對吧！隊長！」

葵發出呼嚕聲蹭向艾倫，紫貴臉上籠罩陰影。

「喂，到此為止了腹肌女。」

紫貴把餐刀湊向葵的脖子。

「呀啊——隊長，我——好——怕——唷！」

葵用手繞住艾倫的脖子緊緊貼了上來。

「唔！」

此時是看到了這幅光景嗎？賽蓮從廚房那邊衝向這兒。她醋勁大發，從葵的另一邊抱住艾倫。艾倫如今身穿襯衫，鮮明的觸感也因此在雙臂流竄。葵的巨乳跟賽蓮爆乳用力地壓了過來。

「妳們兩人都是！給我適可而止！真是不檢點！」

艾倫出言提醒，兩人卻沒打算放開手臂，此時瑪莎拿著小碟子走向這邊，上面放著從冰箱裡拿來的柳橙汁。

「哎呀呀，隊長先生真受歡迎呢。葵，攻勢太猛烈，男人是會逃跑的唷。」

聽到這句話後，葵不情願地放開手臂，賽蓮也放開手臂重新坐回艾倫身邊。

艾倫疲憊地垂下頭，對瑪莎說道：

「她們只是在取笑我而已——咳咳！」

葵的手肘立刻刺進艾倫的側腹。

「遲鈍！」

葵氣惱地蹺起腿，賽蓮則是對痛苦不已的艾倫發動追擊，開始用粉拳搥打艾倫的頭部跟肩膀還有臉頰等地方。

「唔！唔！」

「噗呃！賽蓮！好大力！乖乖的！至少也用巴掌！」

「艾倫隊長真夠嗆的呢。」

戀華覺得艾倫很可憐。另一方面，紫貴用一句「那麼」當開場白向戀華搭話。

「七扇是哪裡好了？」

「噗！嗚！好燙！」

戀華大吃一驚，弄掉手上的起士蔬菜串。融化的起士滴到膝蓋讓她發出叫聲。拾起蔬菜串後，她心神動搖地反問紫貴。

「為、為什麼會曉得呢!?」

「不是喜歡他的話，就不會來到這種地方吧？」

「戀華，喜歡金鯱頭。」

正在亂打人的賽蓮跟葵也加入對話。看到這一幕後，艾倫感到女生果然喜歡聊戀愛的事情。

「哎呀呀哎呀呀，我也想問問呢。小金鯱頭是只穿一件內褲、在外面做伏地挺身的那個孩子嗎？還是一個倒立、一個撐住腿做深蹲的那邊？」

瑪莎也加入閨密對話，艾倫並不擅長應付這種話題，所以決定靜靜離開現場。

艾倫親眼目睹、親身體驗了片刻間的安穩時光。

在庭院那邊，飛鳥跟五號隊一邊談笑一邊吃烤肉。走廊那邊，日向正悄悄講著電話。電話另一頭應該是柔吳吧——艾倫心想。在沙發那邊，武藏跟漢尼拔正在飲酒作樂。和平光景讓胸口膨脹起一股情感。

艾倫從桌上的數盤料理中分裝了一些到小盤子裡面，然後拿著它走向大和那邊的廚房。

「七扇，可以稍微休息一下嗎？」

在廚房那邊，大和精疲力盡地坐在椅子上。看起來像是沒休息、奮戰十回合的拳擊手般，整個人都變成灰色的。

被呼喚後，大和將空洞視線望向艾倫那邊。

「是艾倫嗎？我覺得在這個空間裡，或許只有你是站在我這一邊的吶。」

「你有時候口氣還真誇張呢。」

艾倫遞出小盤子，大和一句「那我收下了」接了過去。

「離開桌子那邊好嗎？你不在的話，現場會亂成一片吧？」

艾倫從客廳那邊拿來一張椅子，把它放在廚房邊緣。

「那邊全是女性，讓我坐立難安。還有，她們開始聊戀愛的事，所以我就逃來這裡了。」

艾倫也坐到椅子上稍作歇息，大和單手拿著叉子沉默了半晌。

「討厭的話，無視也行的。」

突如其來的提問，讓艾倫心想這是在講什麼。

「你也是……那個……在另一邊失去戀人的吧？」

艾倫沒露出特別在意的模樣回應道：

「……與其說是戀人，我自己覺得更像是單相思的對象。」

「是、是嗎？哎，我說——你明明也很年輕，卻也吃了不少苦頭吶。看了那個動畫後我是這樣想的。哎，喝吧，來。」

大和擅自打開冰箱，拿出柳橙汁倒在艾倫的杯子裡。艾倫也有事情想要詢問大和。

「我聽說你這一年輔佐那個女孩在中國建立了一個國家呢。你喜歡她嗎？」

始料未及的提問讓大和嗆到劇烈咳嗽。

「別把事情扯上戀愛吶。我能利用那個女孩達到自己的目的，就只是如此罷了。」

艾倫糾正這種口氣。

「你那個讓自己看起來像反派的態度不是很好吶。」

「要說教的話，去找會感激涕零聆聽的人那邊說。對我而言這樣正好。」

大和有如孩子般鬧起彆扭，被指出事實令他氣惱不已。

「不是的，只是有點雞婆而已。」

另一方面，艾倫將視線落至杯上，自己的臉龐映照在橙紅液體中。

「因為我就是這樣失敗的。」

正在吃料理的大和停止咀嚼，「我也是」這句話衝到嘴邊，但他還是閉上了嘴。

「所謂的後悔正如其字，是事後才會出現的東西。不過當人後悔時，大致上一切都已經太遲了。所以現在能做到的事，最好現在就去做，在如今這個世道下更是如此吶。」

大和明白艾倫此言是真心話，所以他也想用真心話回應。

「……我實在無法丟下那種呆子。硬要說的話，這就是理由。」

大和感到無趣地開始述說。

「爺爺，神無木，還有你也是。你們明明有著死掉一樣難受的遭遇，卻還是沒對人──沒對現實心灰意冷。不但在內心某處祈求著快樂結局，也認為這個滿是狗屎的世界裡還是有著美麗的事物。」

大和把背部靠在廚房上。望向在對面桌邊的戀華後補上一句「那個女人也是」。

「如果把八年後會結果實的柿種，還有一顆飯糰擺到我面前，我肯定會咬下飯糰丟掉種子的。不過你們這種人就會試圖栽培種子，甚至不惜餓著肚子忍耐吧。」

艾倫頓了頓，想像種子＝飯糰。眼前的飯糰跟雖然要等八年、卻能收成果實的種子，艾倫面有難色。

「這還真是究極的選擇吶。」

大和啞口無言，重整心情繼續說道：

「哎，你怎樣都沒差啦……如果神無木或是那個女人的話，會是怎樣呢？是女人跟男人的大腦構造不同嗎——」

大和無力地仰望上方。

「八年份的辛勞，還有苗木可能會被風雪吹倒的風險，甚至連不會結柿子的可能性都沒有考慮過，腦海中全是柿子成熟大豐收的光景。所以我才會想插嘴，想要出手管閒事。」

明明做得到卻不去做，以及想要做卻做不到。這兩者看起來很類似，卻是截然不同。

能做到的人，偶爾會看見明明想做卻做不到的人。大和認為事情就是這樣。

（然後，偷偷把自己的願望放進別人的夢想中。）

「……要用理論或是大道理加以割捨是很簡單的事。我一直是這樣做的，而且也對現實這種東西心灰意冷。不過也就是因為這樣，我才會這樣覺得。」

擁有夢想的人很強大。雖然這種人往往都是笨蛋，不過也正因為是這種笨蛋，才能走到無人涉足過的地平線。喜歡在旁邊支持這種人，在身後一步的距離下，一直跟到天涯海角……這種形式也是可以有的吧？至少大和是這樣想的。

而且──也就是因為這樣，大和無法把神無木綠跟明戀華丟著不管。

「我無法做夢……所以很羨慕你們這種能擁有夢想的傢伙，也會受到吸引。而且如果有我不曾見過的美麗世界……那我也想去那邊看一看。」

神無木綠連雙親的親情都不曉得，就從孤兒院進入保管領土。

明明是樂天派老是出包，又是最派不上用場的傢伙……卻比任何人都擅長開導受傷之人的心靈。

《我想建立一個赫奇薩可以安心度日的世界，因為家人難受是一件很痛苦的事嘛。》

另一方面，身為明英榮之女，卻因現任國主．王黃龍發動政變而失去一切、天生就是公主殿下的明戀華，因其人格與人望而被昔日部下擁戴，即使最受傷的人會是自己，仍是為了拯救苦於高壓統治的國民們而挺身而出。

《只是想活得像個人，這種理所當然的事情為何做不到！這件事讓我很不甘心！

讓我很悲傷！》

「因描繪的夢想殉教而死的女人，只要看到神無木一人就夠了。」

艾倫一句「是嗎」後站起來，大和對艾倫說道：

「神無木這件事告一段落後，我會認真思考那個女人的事，所以你只要擔心自己就行。放在你雙肩上的負擔差不多也夠重的吧。」

大和的鼓勵讓艾倫睜大眼睛，他輕拍了大和的肩膀。

「你是個好男人，我可以保證。一定要處理好唷。」

就這樣，艾倫他們又共享了一個快樂的回憶。

V 勇者與救世主

EIRUN CODE 執行護衛任務後的第十天——

位於歐洲的瑞士本國發生了事件。

官僚設施冒出煙霧，戰鬥直升機在夜晚的街道上空滑行。除此之外，防衛首都的戰騎裝與戰車也朝熊熊燃燒中的官僚設施移動。

那邊是巴休的工作地點。瑞士聯邦分部之一。

是貼著大片玻璃、開放感十足的辦公室。然而如今玻璃全部破裂，地板上倒了五名ＳＰ護衛人員，漆黑魔人的凶惡面貌就在窗外。

身高將近一百九十公分的巴休被單手吊起，巴休拚命掙扎試圖讓對方鬆手時，西裝的袖釦彈飛了。把巴休吊起來的人是仁・長門。

「回答我，硬漢。瑞士聯邦在隱瞞什麼？跟 EIRUN CODE（那些傢伙）接觸有何打算？」

巴休嘴裡流下鮮血，露出狂傲笑容。

「我還以為你是神明之類的存在……結果比我想的還有人味吶。獨裁者——嗚噁！」

脖子被勒得更緊，巴休口吐鮮血。

「我問最後一次，沒有下次了。」

巴休用雙手抓住仁的右手腕，仁感到不對勁。那個不是試圖要對方放開的動作，而是**不讓對方放開**的出力方式。

「你才是別太小看我了喔，日本人。瑞士軍人既高潔又大膽，臨死之際也是一派瀟灑。」

如此說道後，巴休自行咬斷臼齒。仁直覺地放開手，伸腿踹向巴休的腹部。雖然腹部遭受踢擊痛苦萬分，巴休仍然沒有放開仁的手。

「很久以前我被打斷過臼齒，那邊空空的很不舒服，所以塞了東西進去。」

巴休嘴裡——滾動在舌頭上的並非臼齒，而是有著牙齒形狀的「小型炸彈」。巴休嘴角上揚，露出笑容。

「在那邊見到面的話，你也替我簽個名吧。」

巴休咬破小型炸彈同時，一道光線掠過仁的墨鏡。仁與巴休之間的空間扭曲變形，在那瞬間，爆炸的衝擊來回奔馳在勤務室。

仁被爆風颳飛狠狠撞上牆壁。他撞穿牆壁，滾倒在隔壁的房間。瓦礫與灰塵弄髒黑衣……仁壓住左肩站起來。

「雖然弄得全身都是灰塵，卻還是撿回一條命……不過不會錯的，就是那個。」

仁在破裂的墨鏡底下露出利刃般的眼神，他皺起鼻子。

「還以為二十三年前就已經搞定那件事了……到頭來我也只不過是個人子嗎？」

仁把手放到耳邊，向櫻之劍傳送通訊。

「顎，是緊急狀況。召集可以過來的人就行，把他們傳送到我指定的地點……現在要分秒必爭。」

仁望向玻璃窗外，他被瑞士軍隊完全包圍了。然而，仁對他們的關注還不如餐廳壁紙，他的心思已集中在一點之上。

「目標是印尼・蘇門答臘，要去阻止那個笨蛋。」

浮現在仁腦海中的是赤紅勇者——艾倫・巴扎特。

某日・二十點半・當天。

任務開始後已經過了十二天，EIRUN CODE的戰艦排列在瑞士島近海。

曉的艦橋已經進入戰鬥狀態，雷鳥坐在艦長席上，紫貴也戴著面具立於指揮區。

紫貴的面具傳出粗啞男性嗓音。

『母親啊，我申請解除跟狄絲特布倫（鄰人）之間的連結。我的記憶體不足以處理資訊，用人類的方式形容就是很噁心，想吐。』

阿波羅尼亞斯γ——是搭載了高性能ＡＩ的思考加速裝置。

這張面具上搭載了九重紫貴的戰術指揮能力後開發而成的ＡＩ，紫貴對阿波羅尼亞斯說道：

「請忍耐，你是男人吧。」

如此說道後，她從艦首的窗戶望向外面的景色。狄絲特布倫漂浮在海面上，有如在曉跟有明之間居中協調似的。

賽蓮的狄絲特布倫要負責護衛兩艦，另外也要擔任司令塔的角色。狄絲特布倫收集到的情報會依序傳送給在曉上面、紫貴的阿波羅尼亞斯。

「艦長，戰鬥準備完畢。」

紫貴向背後的雷鳥如此報告。登陸戰艦曉的艦長是雷鳥，鄰人運輸艦有明的艦長則是由武藏擔任。

曉已經確認到櫻之劍了。

「……果然過來了呢，櫻之劍。」

紫貴故意擠出笑容，因為她認為不能在心情上認輸。

影像投射在正面螢幕上。

轉移到海面上的是，全長二十五公尺的漆黑魔人．亞門特。

在它身後處，從蝸牛殼中伸出女性裸體的巨大兵器漂浮在海面上。紫貴有如確認般低喃「就是它嗎」。

師團運輸型鄰人・2號機【芭金耶莉】。

【RCC閘門】——它就是能用宛如蝸牛般的外殼連接另一個場所，從那邊召喚出兵團的特殊機構。

殼以渦狀開啟，內側是一大片綠色湖面。其他鄰人陸續從那邊飛出。出現的鄰人有三臺，它們飄浮在亞門特背後。

「還是一樣亂來……才一分鐘就聚齊了五個師團份的戰力嗎？」

正面螢幕上映照著雙臂環胸的亞門特，其身後處開始有戰騎裝陸續出現在這片海域上。

『我們有急事，可以從那邊讓開嗎？EIRUN CODE？』

仁的聲音響徹艦橋，紫貴大大地做了深呼吸。終於要開打了——她鼓足幹勁。

EIRUN CODE料想櫻之劍會動手襲擊，所以做了萬全的準備——

＊＊＊＊＊

艾倫等人在簡報室擬定迎擊作戰計畫，飛鳥用輕鬆語調說道：

「這就是我在櫻之劍看過的所有鄰人。」

艾倫他們閱讀著飛鳥準備的鄰人資料數據。

「非官方編號機有2號機【芭金耶莉】、4號機【猿王】、6號機【AGF31】、13號機【貝兒丹蒂】、19號機【悠陽拾型】這5架。」

紫貴在終端機畫面上每滑過一次，畫面就會跟著切換。明國那邊也有實況轉播這場會議，視訊裡的茜補充說道：

「還有不能忘記一件事，從皇家護衛那邊搶來的5號機【斯坦達．拜森】，以及18號機【梅奇賽德克】，再來就是睦見學長的15號機【亞蒙】，以及仁．長門的0號機【亞門特】……鄰人一共有九臺嗎？」

「絕望的戰力差距呢。」

日向的感想很坦率，飛鳥豎起食指加上註解。

「一般來說要打下保管領土時，仁會帶悠陽跟猴子還有AGF，再來就是芭金跟亞蒙丸負責當接送的計程車。基本編隊大致就是這樣，仁說過從皇家護衛那邊搶來的梅奇跟拜森是要用在大規模掃蕩戰上面的，所以並不是很想派出它們。」

飛鳥口若懸河不停說著櫻之劍的內部情報。聽聞這番話語後，大地露出困惑神情。

「還想說仁那傢伙把伏見部長挖去櫻之劍，結果這麼輕易就放手了……真是莫名其妙吶。畢竟連鄰人的情報都會像這樣洩漏的啊。」

大地如此表示意見後，飛鳥「唔～」的發出沉吟。

「從仁的口氣判斷，感覺他從一開始就無意跟我們戰鬥呢。」

「無意戰鬥？」

艾倫如此問道後，飛鳥「嗯」了一聲做出回應。

「之前我有問過仁，『如果我把鄰人的情報帶回冰室義塾的話你要怎麼辦？』這樣。哎，畢竟我本來就打算回來前可以拿多少就拿多少的說。」

聽到這番話語後，山武流下冷汗表示「這女人真猛吶」。

「然後呀──」

《那就這樣做吧，沒有比無力之輩狂吠大義更教人不忍卒睹的事物。》

「他是這樣說的，心胸很寬闊呢。」

「呃，這完全就已經是被瞧扁了吧。」

飛鳥如此笑道後，月下單眉抽搐，聽著這些話的茜表情陰暗地思考。

『聽飛鳥學姊這樣說，對方至少也會投入六架鄰人。相對的我方只有兩架……而且雙條學長也不在場，這種事絕對行不通的。』

作戰參謀如此說道後，眾人的表情立刻就暗了下來。

每個人都沉默不語時，只有艾倫與幼女型機器人──小不點菲娜細心閱讀著鄰人的資料，然後賽蓮開口搭話說了句「夏樹？」

「艾倫，可以讓我聽聽你們的意見嗎？」

雷鳥如此詢問，所有人都在手心捏把冷汗望向艾倫。艾倫把手放到下巴思索半晌後，再次確認鄰人的資料。

「或許聽起來有點像是在挖苦……不過我想應該**不會有問題**才對。」

所有人無一例外都啞口無言，茜有如呼吸困難似地發出怪聲。

「妳怎麼想呢，艾菲娜？」

『除了愛麗絲以外，如果是這五架的話，光靠本機也有可能全部擊墜吧。』

小不點菲娜如同投影機般從眼瞳投射出光學畫面。畫面中正在分析鄰人的數據，山武尖聲叫道：

「真的假的啊啊啊！？！？！？是五架鄰人，五架唷！一架至少也能換算成一個師團的戰力耶，總隊長!!」

不論是哪架鄰人都能算成一個戰力，內含發動戰爭的火力與性能。

山武的驚訝可說是必然的，大和也用嚴肅語氣向艾倫說道：

「像是安慰之類的體貼就免了，算數的數值會改變的。」

冷汗沿著大和的輪廓滑落，然而艾倫並未改變見解。

「如果是以前的我們或許還會感到棘手，卻不可能威脅到現在的艾菲娜。」

艾倫如此斷言，說到底他只是在陳述客觀事實。

「雖然抱歉，但上個月戰鬥過的國王種要難對付多了。不過……也正是因為如此我才不明白。為什麼仁要做出這麼費功夫的舉動——」

『巴扎特隊長，所謂的不明白是指？』

水久那透過視訊如此詢問，艾倫將畫面切換到亞門特那邊，然後放大畫面。

「仁乘坐的機體亞芳愛麗絲是我們那個世界裡的人型兵器——終極玩偶規格的原型機。仁駕駛它結束了四星之戰，滅絕了散布在銀河中的巴戴姆……只要他認真起來，我認為就算不刻意建立軍隊，也能憑藉一己之力解決馬里斯問題。」

「這……確實呢，畢竟他的力量強到足以單靠一機抗衡四星軍事力。」

紫貴也表示同意。她比在場的任何人都還要精通玩偶·華爾茲·鎮魂曲，按照仁在劇中的活躍程度來看，她認為正如艾倫所言。

「這樣的仁甚至建立起櫻之劍這種大型軍隊……日明曾一度親手把我送回去，為何又把我叫回這個世界呢？老實說如果是這樣的話，我實在不覺得自己有必要前來這個世界。」

賽蓮聽聞此言胸口一緊而難受起來，有如不願意似地拉住艾倫的軍服。

小不點菲娜的判斷跟艾倫相同。

『我的見解也一樣，如果再加上亞芳愛麗絲的戰鬥力，戰力明顯過剩了。』

艾倫沉思。

這個世界的仁跟自己認識的仁……明明是同一個人物才對，卻有些不太對勁。

然而艾倫卻中斷思考，言歸正傳。

「抱歉我離題了……不過，有句話我要說在前面。」

艾倫有如瞪視般望向亞芳愛麗絲，也就是亞門特。

「我剛才說的那些話，也能直接適用在仁身上。就算你們規格外十名數字(ten number)齊上，愛麗絲也能輕鬆擊碎你們吧。」

這句話分量十足，削去在場的王牌駕駛員們的自信。艾倫是可以在認真前面加上「超」的人，其話語也因此具有威力。艾菲娜接著說道：

『基本方針只有一個。一旦愛麗絲出場，就由我跟閣下去應付。不論情況為何，都務必嚴格遵守這件事。』

奧爾森跟山武有如擺錘般不斷點頭。

『如果遇上就全力逃走，求饒也是有效果的。獨裁者仁雖然有施虐傾向，卻極為討厭沒必要的事物。我預料這樣做會讓他失去興趣。』

「好！就全力逃跑吧！說真的我要哭了喔！」

「山武，你也太沒尊嚴了。」

山武往不好的方向加深決心後，奧爾森感到空虛。小不點菲娜接著說道：

『請各位負責掃蕩其他戰力。另外，就過去的襲擊案例判斷，瑞士正規軍應該無法阻止鄰人進軍吧。請各位規格外十名數字（ten number）身先士卒擋下鄰人的腳步，可以的話就加以擊墜。』

「『人家這樣說呢。』」

月下跟葵把手放到大和肩上。

「喂，規格外十名數字（ten number）（×2）！」

大和用強忍怒氣的表情舉起顫抖的拳頭。

艾倫覺得這樣的他們很可靠，卻還是立刻露出認真表情說「大家聽我說」提出呼籲。艾倫略做深呼吸，隔了半秒後說道：

「……我也會試著用全力去挑戰，可是**不要對我抱有期待**。」

所有人臉色漸漸發白，艾倫用苦悶表情說出他真正的心情。

「我跟他之間就是有著如此巨大的差距。」

月下仰望上方，把手放到額頭上。

「能讓隊長說出這種話……對方是天神之類的東西嗎？」

賽蓮探頭望向艾倫，擔心地望著他。然而，只有紫貴看起來無法接受這個事實。

「可是艾倫！你不是還有最終決戰禮服（wedding dress）嗎！艾菲娜最強的柯夢菲亞搭載型禮服！」

聽到這句話後，有幾個人抬起臉龐。

「按照設定雖然有時間限制，不過只要換上那個，就算是艾菲娜也能跟愛麗絲或是格林甘特打得有來有往才對吧？而且你不是跟仁還有厄斯坦尼亞三人打敗蓋亞級的巴戴姆嗎！」

紫貴如此指正後，隊員們想了起來。

在這裡的艾倫，也是在動畫第二季中拯救銀河的三英雄之一。

就劇中的活躍而論，絕沒有被描寫成遜色於仁的樣子。

艾倫用拇指操作紅色懷表【紋章時鐘】，投射出一片光學畫面。

那是身穿紅白婚紗的艾菲娜·倫音列瑟。

「……好美。」

茜跟賽蓮異口同聲地說道。雖然豪華氣派卻又楚楚動人，賢淑卻又強大。映照在畫面上的是連人類少女都不由得屏住呼吸的美麗鋼鐵新娘。艾菲娜提出說明。

「最終決戰兵裝（wedding option），在給予本機的兵裝中，它是最高級別的禮服。最大運行時間雖是六十分鐘，不過只要倫音列瑟機體穿上它，就能顯現無視速度、距離、質量等種種物理法則的現象。」

「在極限突破計畫後，我們也曾數次試著啟動決戰禮服。可是不知為何自從來到這個世界後，就變得無法啟動決戰禮服了。」

艾倫此言讓紫貴發出「怎麼會」的聲音。

『嘗試次數為三十二次，然而最終決戰禮服動力源——柯夢菲亞卻沒有產生燃燒。雖然也不是不能強制啟動它……』

小不點菲娜罕見地支吾其辭，葵探出身說「做得到嗎!?」

艾倫露出有些困擾的表情，有如要蒙混過關似地說道：

「那個……是真的束手無策時的方法，也就是所謂的最終手段。就我的立場來說，希望能盡可能避免使用那種方法。」

紫貴跟大和覺得怪怪的，那是沒有艾倫風格的、拐彎抹角的回答。

這也是理所當然的事——

因為所謂的最終手段，意味著要「削減艾倫的壽命」。

艾倫沒說出這個事實，將手放上左胸。

「我的體內埋有柯夢菲亞，只要讓它燃燒，就能大幅提升艾菲娜的性能……再來就要看能撐到什麼地步了。」

所謂的柯夢菲亞，是出現在玩偶·華爾茲·鎮魂曲劇中的至高能源結晶體。據說全宇宙只有二十二個，每一個都凝聚了一整個星球的生命能量。

艾倫跟艾菲娜體內各埋著一個柯夢菲亞，只要讓它們兩個同時燃燒，就能大幅提升艾菲娜的臨界值。

艾倫使用那股力量擊破了國王種的幼生體。

「話說在前面，我無法擋下愛麗絲時戰鬥就告終，所有人都投降。他雖然冷酷、卻並不無情……應該不會奪去性命才是。」

EIRUN CODE眾人感到消沉，只有飛鳥開開心心地舉起手。

「我我我——！那麼，如果艾倫成功擋下仁的話，我們該怎麼做呢？」

意想不到的話語讓艾倫瞪圓雙眼，他雙唇緊抿搖搖頭。

艾倫直視隊員們，對他們下達命令。

「跟剛才艾菲娜說的一樣！賽蓮、七扇・一之瀨、伍橋，還有八雲負責對付鄰人！不過鄰人跟戰騎裝之間的性能差距我也親身體驗過……除了賽蓮跟七扇以外，所有人盡可能避免正面衝突！」

以葵為首的其他四人做出回應，艾倫接著轉向星辰小隊那邊。

「你們做為遊擊部隊配置在戰場上！聽九重的指揮行動，這次跟以往的馬里斯戰不同，是對人戰！隨機應變吧！」

「「「是!!」」」

最後，艾倫有如請求般向隊員們說道：

「我會拚死擋下仁的！不過如此一來，我必定會分身乏術吧……雖然要把所有事情丟給你們解決，不過還是請大家務必阻止櫻之劍！」

飛鳥咧嘴反問：

「那麼，把那些臭鄰人弄壞也行吧？」

「嗯嗯！我相信如果是你們，一定能夠達成任務喔。」

＊＊＊＊＊

紫貴將焦點放在亞門特身後的芭金耶莉上面。

「那個鄰人就是伏見學姊口中的2號機呢。原來如此……櫻之劍突然率領軍隊出現的機關就是這個嗎？」

敵機反應每分每秒都在增大中，敵方部隊開始朝左右擴散。

「打算從全方位一起登陸呢，只要某處開了洞，敵人就會從那邊一湧而上……一看就曉得想速戰速決嘛。」

紫貴按下面具太陽穴處的按鈕，後腦勺的部分接合在一起，黑髮有如流瀉般垂落。

「我來帶你上路吧，仁・長門。」

同一時刻——瑞士屬孤島‧祕密研究設施。

瑪莎躺在擔架床上被搬運著，瑪莎也被選為最終實驗的受測者。身穿防護服的葵衝到正在被搬運的瑪莎身邊。

「阿姨！加油喔，絕對會順利的！」

如此說道後，葵用力握住瑪莎的手，瑪莎也有力地回握。

「只是在大家面前吃藥而已，我沒事的。」

瑪莎用手使勁包住葵的雙頰。

「妳才是呢，葵。要去戰鬥吧？聽好囉，絕對不能死，要四肢俱全地回來喔……再讓我看看妳那活力十足的臉龐。」

葵用鼻子吸氣，胸口滿滿的全是溫暖心情。

「……嗯，我也沒問題，誰會輸啊。」

「啊啊，我果然想要妳這種孩子。快回來吧，這次我會做一大堆妳吃不完的好料。」

「又有起士全餐？棒透了嘛！」

瑪莎依依不捨地放開葵的手。直到進入實驗室前，瑪莎都一直在對葵揮手。實驗室門扉關閉後，葵用力拍打雙頰。

「好！」

一之瀨葵與鬼燈・炎一號，EIRUN CODE的衝鋒隊長也出擊了。

人偶(doll)身穿緋紅禮服，有如跟亞門特對峙般飄浮著。那是戴著貴婦帽、全長有十七公尺的淑女——艾倫的艾菲娜・倫音列瑟。

『艾菲娜。』

艾倫發出信號，艾菲娜一句「遵命」做出回應。

禮服上的薔薇(固定螺栓)點綴開始旋轉，螺栓零件有如花瓣般朝四周飛散，裙子從內部開始脫離。

『多層次裝甲正常排除，儀禮兵裝(normal option)解除，反轉為高機動(combat)禮服。高機動(combat)禮服……完全啟動(activate)。』

推進器群以腰部為起點轉向背後，飛翼紗龍(wing pareo)推進器群如同展翅般擴散。上半身殘留著緋紅色禮服，下半身則是裸露出大腿。

長髮狀衝擊排出路(blondetect)高高地紮起。

『艾菲娜・高機動(combat)兵裝換裝完畢。』

最後，艾菲娜戴上放在腰際的「V字型面具」。

另一方面，駕駛艙內的艾倫則是閉目養神，靜靜集中意識，太陽穴被痛毆般的感覺湧現。

有如波紋擴散般，艾倫的頭髮與眼眸染成「紅色」──

艾倫．巴扎特是新人類。

是被月球的天才科學家．鶴來博士賜予改造人體的超人戰士。

『比鋼鐵還堅硬的進化鎧甲骨骼』『絕對不會破裂的強橫彈性內臟』『增加爆發力的人造肌肉』『以數百倍神經傳導速度為豪的超敏感化神經系統』。

艾倫要貫徹自我信念時，會毫不猶豫地使用這股力量。

『閣下，獨裁者仁用極機密線路傳來通訊，要接起來嗎？』

艾倫產生不好的預感。

「不，拒接吧，戰鬥已經開始了。試圖聯絡我個人的訊息，像是發電報之類的全部無視……畢竟那傢伙就是這樣，不曉得會在哪裡設下陷阱。」

艾菲娜表示『遵命』，拒接了亞門特傳來的通訊。之後艾倫指向亞門特，毅然決然地對仁撂下話語。

『跟你的對話全部都用公開頻道！因為心理戰可是你的看家本領吶！別忘了你自豪的部下們，也在聽著你的發言喔！』

然後，亞門特傳出厭惡聲音。

『嘖……是吶。仁．長門就是這種角色。』

仁的發言讓艾倫覺得不太自然，駕駛艙螢幕映照著仁的臉龐。

『別擋路，EIRUN CODE。今天不是過來跟你們玩耍的。』

「真不像你，還挺不從容的不是嗎？仁。」

艾倫握住操縱桿，艾菲娜的推進器發出藍光產生推進力，將艾菲娜推向前方。

艾菲娜漸漸接近亞門特。

『會過來就表示你察覺到瑞士的研究了吧？為什麼要礙事？你想拯救赫奇薩不是嗎？』

『罩子放亮點，我可是刻意像這樣跑來了，為何想像不到這裡面有理由呢……算我求你了，聽我說話吧，我有話要對你個人講。』

如此說道後，全長二十五公尺的魔人伸出右手，然而艾倫卻拒絕了。

『不行！有話要講就在這邊說！為何你們要妨礙那個研究！』

亞門特收回伸出的手，在雙肩展開魔法陣。

『你這光說不練的大頭鬼……那就沒辦法了，現在立刻讓開，如果你有意擋路，那我也會來硬的。』

亞門特向艾菲娜展示雙拳裝甲……然後將雙肘收向後方。

『用槍指著別人要對方聽話，這個就叫做威脅！如果你打算加害島上居民，那我也不打算默不吭聲！』

艾倫的喝斥聲與殘響一同響徹海洋，亞門特隨即傳出仁的咂舌聲。

『真是無藥可救……你這大笨蛋！』

亞門特互擊雙拳——感覺像是要這樣做的瞬間。

『唔！？！？』

艾菲娜背後展開四片翅膀。

『艾倫・巴扎特，你也真是學不會教訓吶。』

顎的鄰人——亞蒙的左爪襲向艾菲娜纖細的脖子。然而艾菲娜卻用單臂擋下來自死角的一擊。

亞蒙傳出顎的驚叫聲，艾菲娜先是如此說道。

『談判破裂。』「似乎是吶。」

在駕駛艙裡，艾倫淺淺地吐氣。艾倫的紅眸透過螢幕捕捉到六眼惡魔。

「仁從正面過來時，我就覺得你會來這招吶，睦見。」

艾倫用力抓住左胸，一句「點火（compassion）！」喚醒柯夢菲亞。抓住亞蒙的艾菲娜，其胸口內側發出紅光。

『海月螺，臨界點（limit level），於雙重菲亞上重新設置倫音轉盤。』

『突然就動真格還真幼稚！』

亞蒙的四片翅膀【四片黑衣】再次展開，那是褶傘蜥作勢威嚇般的光景。亞蒙展翼，更加躍向上空。

『注意燃燒極限，開始黏合時會強制解除雙重菲亞。』

亞蒙在空中扭轉身軀，試圖甩開艾菲娜。然而艾菲娜卻緊抓亞蒙的左腕，就這樣把全身靠上去。淑女有如與惡魔共舞般在空中回轉。

接著，亞蒙被迫站到艾菲娜的正面。

『這麼一說，還有帳沒跟你算清呢。』

『我記得你的臉喔，四片翅膀。』

裝甲響起尖銳金屬聲，艾菲娜捏扁亞蒙的左腕。

艾菲娜握住右拳……將它抬至耳朵下方。

『以牙，還牙！』

亞蒙單臂被抓住，就這樣被痛毆。左臂慘遭扯斷，亞蒙被轟飛至**數公里**遠的前方。水花在海面炸開，濺溼艾菲娜的臉龐。

剎那間，腳邊的海面有如爆炸般隆起，猿人鄰人從裡面飛身竄出。

『這就是艾菲娜・倫音列瑟嗎！』

4號機【猿王】——是仁借給俄羅斯恐怖分子古斯塔・布拉托夫的鄰人。猿王的長棍撕裂海浪，向上揮擊艾菲娜的下巴。

『首先！試著打碎那張可愛的臉龐吧！』

艾菲娜緩緩揮手，猿王的如意棒以豪速落空。

『什麼!?』

古斯塔爆出粗啞聲音，艾菲娜已經衝進身軀失去平衡的猿王懷中了。

『太慢了！』

艾菲娜的軀體攻擊貫穿猿王的腹部裝甲。

鋼鐵碎片飛舞，猿王的腹部被挖去一塊，艾菲娜的拳頭擊穿它的背部。猿王被轟飛，簡直像顆小石子般在海面彈跳無數次。

海水因衝擊而飛舞，簡直像是瀑布似的。艾菲娜突破高高揚起的水柱，升上空中。

『仁，這就是你的壞毛病！明明很強卻愛賣弄策略！』

艾菲娜背部的推進器噴得更猛……逼向在空中的亞門特。

『你這種人說的每一句話都很礙事。』

相對的，亞門特在肩上描繪魔法陣。就在魔法陣畫完的那個時刻，艾菲娜出現在亞門特背後。艾倫的聲音傳至亞門特的駕駛艙內。

『現在的我跟你……誰比較強，說我對這件事不感興趣就是在騙人了。』

駕駛艙裡的仁昂然挺立，聽著這番話語。

『因為你的愛麗絲可是讓我慘敗過許多次吶。』

仁微微壓低下巴。

「考量到艾倫（你）的自卑感……會是這樣嗎？」

仁的臉頰流下一絲汗水。

同一時間——祕密研究設施．所長室。

漢尼拔臉上浮現冷汗大聲叫道：

「按照預定強行做最終實驗!?歐莫斯副議長！櫻之劍攻進來了唷！」

漢尼拔的辦公桌上面浮現著光學畫面，他正在跟瑞士聯邦局的第二號人物通訊中。鼻下蓄著一撮小鬍子、頭髮七三分的老人將校——歐莫斯．貝多透過畫面說道：

『這是議會的決定。如果那邊的實驗設備遭到破壞，再過十年都會無法重新實驗的，至少也得留下實驗結果才行喔。』

「可是！」

『而且，不就是為了防範他們的襲擊才僱用EIRUN CODE的嗎？這項研究花費了龐大的國家經費，你有義務要盡快完成研究，就算早一秒都好，是吧，漢尼拔所長？』

漢尼拔是第一次跟歐莫斯副議長說話，因此漢尼拔難掩心中疑慮。他跟聯邦局之間的溝通窗口，必定會站著巴休這個中間人。

「我要向瑞士聯邦當局做確認。請讓我向巴休……巴休安全保障專員做確認。」

『否決，事態十萬火急。我們也會從這邊監控實驗過程，立刻著手行動。』

在畫面另一頭，歐莫斯吐出一口煙，漢尼拔出言抗議。

「這裡的職員都將性命託付在我手中！意思是要我讓他們涉險嗎！」

歐莫斯目光的氛圍一變，那是侮蔑般的冰冷視線。

『我們不打算養一頭只會吃閒飯的牛。』

漢尼拔倒抽一口涼氣，連話都吞了回去。歐莫斯繼續說道：

『漢尼拔，我是在叫你留下證據，證明這三十五年並不是白費功夫……聽仔細喔，就算被殺也絕對要讓實驗成功。』

漢尼拔用顫抖的手指將眼鏡的鼻橋向上推。

「……是的……遵命。」

在畫面中，歐莫斯暗自竊笑。

另一方面——亞蒙從艾倫他們的西海岸那邊，一路被轟飛至北海岸。

亞蒙狠狠撞向海面，那是火箭射進水裡般的光景。

它掀起巨浪，過了半晌後海面隆起，失去左臂的亞蒙浮出夜晚的海面。亞蒙傳出顎的聲音。

『真是怪物。那麼，要如何引導戰況呢？』

亞蒙望向下方，有好幾條「鋼鐵藤蔓」纏在雙腳上。

『顎。』

同樣讓海面隆起現身的是，太平洋最強的魔女。

【狄絲特布倫・理想階段的不良影響（roman phase halation）】——是不斷接收賽蓮的負面情感後進化而成的漆黑魔獸。

狄絲特布倫的全方位螢幕上映照著長髮美青年・睦見顎。

『嗨，賽蓮汀娜。魔術師（magician）也是，向兩位請安了。』

賽蓮面無表情就這樣看著顎，她用平常的語調開口搭話。

「謝謝之前幫忙。」

這是在替極限突破計畫那時的事道謝。賽蓮敗給國王種，眼看著就要被殺掉。

適時出手救她的人就是顎。

『嗯嗯，不客氣。不過我現在正忙著呢，要聊天的話——』「不過……」

賽蓮打斷顎的話語。

「我跟小黑，還在氣那個時候的事情……非常的。」

淡藍色眼眸微微瞇起。

賽蓮說的是一年半前的事情。

顎的奇襲將艾菲娜逼入無法行動的困境，而且顎還妨礙賽蓮不讓她去援救，然後仁徹底破壞了艾菲娜。

因此賽蓮以為艾倫死亡，度過了地獄般的一年半。

『妳是性情中人，我就覺得會變成這樣呢。』

顎語調輕鬆地回應後，狄絲特布倫自動提升了輸出功率。

狄絲特布倫發出野獸嘶吼般，珍珠白的眼部攝影機變成紅色。

亞蒙的巨軀被拋飛，被扔出的亞蒙在空中轉身，於淺灘著水。

『放馬過來。』

賽蓮如此說道後，狄絲特布倫開始伸出三十二根機械手臂。

另一方面，變成獨臂的亞蒙傳出顎心灰意冷的聲音。

『除了我之外，只有老大有辦法阻止現在的魔術師（magician）吧……沒辦法了。』

亞蒙從飛翼裡抽出一把【八咫烏】。

『來場特別講習吧，讓我教教妳什麼是戰鬥經驗的差距。』

顎撂下的狠話變成敲響戰鬥的鐘聲，先動手的是狄絲特布倫。

六隻機械手臂──其前端的鋼鐵蓓蕾──綻放花朵，那是小口徑ＩＭＥ加農砲。

狄絲特布倫連續發射黑色破壞光。

「嗚！」

賽蓮在駕駛艙裡，身上突然掠過一股暈船般的感覺，頭暈感覺好不舒服。

發射的破壞光飛向另一邊，賽蓮產生一種直覺。

「這個是!?蜥蜴那時的——」

賽蓮想起她跟國王種戰鬥時的事。

朝國王種發射IME加農砲的話，狄絲特布倫的瞄準就會被強制性地干擾。這種像是暈船般的感覺也襲擊了當時的賽蓮。

『雖然範圍不像**梅奇賽德克那麼大**，不過IME兵器可是對亞蒙行不通的喔。』

另一方面，獨臂惡魔行動了。它軟軟地垂著右臂，瞬間縮短距離。

『要怎麼辦呢，賽蓮汀娜！』

沙灘的沙子與海浪飛沫飛舞……亞蒙使出後迴旋踢。

狄絲特布倫用十根鋼鐵藤蔓防禦踢擊，亞蒙順勢將手中的槍劍隨意指向對手。

槍火爆發——在極近距離撒出子彈。

剎那間，狄絲特布倫腳邊的沙子爆開。

荊棘之壁成形隔開兩者，在狄絲特布倫的機械手臂阻止下，槍彈被反彈回去。

『不愧是魔術師！那麼這招如何！』

亞蒙一邊開槍，一邊踢向空無一物的空間。空間有如玻璃般碎裂，惡魔滑進憑空出現的隧道，亞蒙忽然消失了身影。

狄絲特布倫宛如憤怒猛獸般朝四周張望，有如感到焦躁般將一隻機械手臂重重甩向地面。賽蓮對這樣的狄絲特布倫說道：

『小黑，生氣就會中惡魔的計。』

狄絲特布倫的眼部攝影機從紅色變成珍珠，一半的機械手臂也再次收進背部，就在此時。

『上面！護住頭！』

狄絲特布倫朝頭頂擊發十六道破壞光束。

另一方面，從空中落下的是黑色與紅色的「雷」。IME加農砲抵消落雷，將雷的威力減去一半。另一方面，位於下方的狄絲特布倫則是用機械手臂製造出一把「傘」。

紅黑色落雷【紅御雷】撞上防禦傘彈向四周。

解開編織在一起的機械手臂後，狄絲特布倫望向上空。

亞蒙在上空擺出蹺二郎腿、用手撐住臉頰的模樣。

狄絲特布倫後腦勺的艙門有如波浪般抬起，狄絲特布倫間不容髮地發射飛彈，亞蒙用原本的姿勢展開四片翅膀。

『喔，好危險——』

紅御雷朝全方位釋出，飛彈在抵達亞蒙那邊前就盡數爆炸。

『如何，賽蓮汀娜？妳的魔術師雖然厲害，但我的惡魔也不是省油的燈吧？』

惡魔在空中居高臨下俯視，魔獸仰望天空——狄絲特布倫有如用手指比東西般，用一根機械手臂指向亞蒙。賽蓮對顎表示「好詐喔！」

『好詐？哪裡詐了？』

『鄰人的必殺技，一種！可是它，好多怪招！』

賽蓮透過狄絲特布倫的外部擴音器提出抗議。另一方面，亞蒙則是傳出顎無言以對的愕然笑聲。

『妳太省話了，要花時間理解才行。剛才是在抱怨惡魔(devil)的特殊機構，我有說對嗎？』

『沒錯！』

現在的賽蓮，對鄰人的相關知識也變多了。

每架鄰人機體的運用形態都截然不同，這也是因為每架機體具備的特殊機構或是黑科技兵器，都是建立在戰術基礎上的。

拿狄絲特布倫來說，就是【ＩＭＥ兵器】，大太龍則是【超級面壓制力】，處女座之淚的話那就是【武裝能源】。

每架鄰人都擁有一項特點，這就是賽蓮的見解。

『又是雷電，又是突然出現！也把小黑的魔術手變奇怪了！』

只要看看公布的鄰人機種，就會曉得賽蓮的見解無誤。然而——可以說亞蒙就是例外。

『我也沒辦法啊，因為這就是惡魔（devil）的特殊機構（special）。』

亞蒙降落至狄絲特布倫前方。

對面的狄絲特布倫跟賽蓮同步歪頭。亞蒙舉起單臂，從指尖伸出好幾根連接管。

『我的亞蒙是【機構複製型】……直白的說，就是『從其他鄰人那邊複製特殊能力』的鄰人。』

分析複製機能【devil plank】——是讀取其他鄰人的特殊能力，並且加以複製的機能。然而卻沒有好到能完美複製，就性能層面而論也遜色於原版；而且也有容量上的限制，每個複製對象所要用掉的容量都不同。

不過也有著只要在容量範圍內，就能擁有數種特殊機構的優點。

『現在我讓它學會了梅奇賽德克的ＩＭＥ取消器，還有岦門特的時次元破壞（TD breaker）。不過取消的範圍頂多只能覆蓋自機，而且雖然能瞬間移動、卻無法做時間旅行。哎，天底下沒有白吃的午……………？』

顎在說話之際察覺到一件事，那就是鋼鐵藤蔓捲住了亞蒙的右腳踝。腳邊的沙灘長出了機械手臂。

亞蒙的駕駛艙是座椅型的。

顎手握操縱桿，臉龐依舊掛著笑容，但額上卻浮現冷汗。

「『在復仇與戀愛這兩件事情上面，女人比男人還要野蠻』……記得德國哲學家寫的書裡有提到這種句子吶。」

映照在駕駛艙螢幕上的狄絲特布倫，發出野獸嘶吼般的驅動音。

賽蓮毫無起伏的聲音，藉由語音通訊傳至顎耳中。

『覺悟吧。』

狄絲特布倫抓著亞蒙的單腿，開始將它摔向沙灘。

艾倫跟仁、賽蓮跟顎開戰時，兩軍也開始展開部隊。

瑞士軍機甲部隊沿著海岸線展開，開始砲擊。被芭金耶莉召喚出來的戰騎裝部隊也使用飛行噴射器企圖在島上登陸。有明・曉兩艦也開始噴出火光——

櫻之劍的目標、祕密研究設施蓋在瑞士島最深處。

為了預防敵軍強襲研究所，大和單機待命中。明星待在島另一側的海底，單膝跪地待命中。

駕駛艙裡有著大和身穿純白駕駛員服的身影。

「登陸部隊差不多要開始進軍了吧。」

大和握住位於正面的刀柄，這是明星的啟動鑰匙布都御魂。

抓住握柄後，鎧甲武者的紀念像降至大和的正面。紀念像的眼睛部分發光，吸入大和的意識。大和的意識轉移至明星那邊。

『那麼——』

明星的眼部攝影機發出綠光，白銀英雄機在海中起身。

明星靜悄悄地開始攀登懸崖峭壁。

【同體人機】——是明星特有的操縱系統。

換言之，跟移動軀體的道理相同。明星會代替搭乘者做出動作，因此搭乘者的反射神經與運動能力會直接影響到明星的操縱性。與狄絲特布倫不同，機體就算受損也不會變成痛覺反饋回來。

說起來，大和就是以明星第二代適任者的身分被武藏看上的。來到第二富士後他開始修練劍術，也讓軀體學會各式各樣的技能。

明星爬上了七十公尺以上的懸崖，抵達位於地表的養老院後側。

『那個是？』

明星的眼部攝影機收縮，大和的視覺影像被放大。

有人在設施瞭望臺揮著手，是戀華，大和覺得心情很複雜。雖然想破口大罵「呆子」，卻也忍不住覺得拿她沒轍。

「陰帝！要小心唷！」

明星透過外部擴音器對戀華說道：

『島上馬上就要發生戰鬥了，用不著送行快去避難吧。』

明星有如趕狗般，噓噓噓地揮了手。

然而戀華還是堅強地繼續揮手。看到那副姿態，大和想起艾倫的話語。

《所以現在能做到的事，最好現在就去做，在如今這個世道下更是如此吶。》

明星用食指搔搔自己的頭盔。明星接近瞭望臺，來到戀華面前。

『喂戀華，我有一件事要向妳道歉。』

「欸？是什麼事啊？」

少女仰望蹲下來的巨人。在駕駛艙內，大和產生一瞬間的猶豫，隔了數秒後開口說道：

『我在某些地方上面……把妳當成神無木了。』

戀華臉上隨即染上哀愁，戀華難過地垂下臉龐。

「……嗯，我隱隱約約有這種感覺。因為你像是在看我，卻總是在追尋別人的身影似的。」

大和也感到一陣揪心。

『妳啊，只要出手相助就會高興到少女心全開吧。妳像個笨蛋似地對我如此感激，又為了雞毛蒜皮的小事跟我吵吵鬧鬧……真的讓我產生胸口被挖開般的痛楚。不過，我在心中某處也想要贖罪，想償還自己讓那傢伙死掉的罪行……』

大約是在三年前——

在狄絲特布倫第一次上陣時，機兵部初代部長‧神無木綠喪命了。

為了拯救受傷的同伴，她自願成為馬里斯的誘餌。就算到了現在，大和仍強烈地覺得自己必須為當時的事件負起責任。『所以——』他接著說道：

『我現在無法回應妳的感情。』

戀華大吃一驚猛然抬頭，紅潮漸漸湧上臉龐……轉眼間變得滿臉通紅。

「為！為為！為什麼曉得這件事！？！？」

『妳啊，也太好懂了呢。都那樣還不懂的人就只有輕小說主角了吧？而且現實世界裡沒有這種人。哎，不過……我利用妳這種傻氣的地方不停逃避現實，所以也是挺渣的就是了。所以……那個……如果傷害到妳的話，那我很抱歉。』

戀華垂下臉龐，眼裡累積起淚水。然後明星立刻雙手亂揮地表示「啊，等一下等一下」。光是這樣就颳起一陣強風，戀華差點就被吹跑了。

『別太武斷了！我剛才是說現在吧？如果在這裡弄哭妳的話，用不著等待，我就能立刻拿到渣男認證吶。』

戀華「欸？」了一聲瞪圓雙眼。明星單膝跪地，把手腕放上右膝。

『我現在想傾全力讓神木無的功課、也就是這項研究成功。只要打開赫奇薩的救贖之道，我就會初次覺得自己可以放下一切邁步向前。』

「那麼……」

戀華的表情漸漸染上喜色，明星有如掩飾害羞般轉向一旁。

『姑且見證完結果後，我就會認真考慮妳的事情。哎，所以吶，我答應妳，請再多等一會兒。』

戀華全身發顫，全身蓄力高高躍起。

「太棒了！」

『啥？等一！戀華小姐？』

「那個！已經等於是OK了吧？太好了，還以為自己被甩了呢。意思就是陰帝並不討厭我，心裡也有我這個人吧？是吧？」

戀華很開心地湊過來，明星有如害怕般向後縮。

『不！哎！那個！與其說是不討厭！不如說算是喜歡那一類的感覺……』

明星發出大和吞吞吐吐的聲音，戀華見狀「呵呵」輕笑，在身後雙手互握做了深呼吸。

「……好，這樣就行，足夠了。」

戀華開心地露出靦腆笑容。

「現在這樣就夠了，我會等你的……所以請放心地去吧。」

明星眼部攝影機的光芒變弱，駕駛艙內的大和啞口無言。他沒察覺到自己放開了握柄。就在他心滿意足地準備開口時——

「嗯嗯，謝——」

『七扇！你們被狙擊了！』——艾倫的喝斥聲飛向這邊。

刀柄再次被握住，大和的意識瞬間寄宿在明星身上。

『戀華！』

明星動作迅速地試圖用左手遮住戀華……掌心卻開了一個大洞。

大和瞬間茫然失措。下個瞬間，設施的瞭望臺被轟飛。

（砲擊!?）

戀華的身軀混在噴煙之中……有如玩偶般被轟飛。在大和眼中，這一切看起來就像慢動作畫面似的。戀華的身軀滾倒在水泥地上。

『……喂，這是怎樣？』

明星望向左手，掌心刻劃著彈痕，冒著火花。

明星的眼部攝影機替噴煙景色加上紅外線熱成像畫面，女人的剪影紅紅地浮現，一層層疊上影像處理。

『又是……我，害的嗎？』

戀華從腹部流出血，倒在半毀的瞭望臺上。

距離瑞士領孤島十八公里處——岩礁。

海洋上零亂地聳立著岩場，一架人機潛伏於其中之一。

從岩礁背面狙擊明星的是鄰人6號機【AGF31】，跟牛仔帽一體化的頭部設計為其特徵。

午夜藍的狙擊手用臥姿舉著比身高還長的長距離狙擊槍，坐在駕駛艙裡的是白人少年兵。他的頭髮是純白色的，眼睛四周給人一種病態的印象。

6號機適任者、安迪·萊安興奮地握拳做出勝利姿勢。

「好！明國代表、明戀華！拿下一百分了！」

AGF31——是狙擊支援用鄰人，也是擅長射擊戰的多用途鄰人。

它擁有戰略規模的超長距離步槍——專用武裝【天使之塵】。

ＡＧＦ真正的價值是，它有著獨一無二的狙擊輔助系統。

只要使用天使之塵，最大射程就可以延伸至一千四百公里遠。

最遠可以從東北射到九州，對目標物進行狙擊。

「不過，那就是仁口中的理想特異點（progress）嗎？我姑且把它設定成兩百分……可是真搞不懂吶，明明我比較優秀不是嗎？」

安迪尋找明星……卻又放棄了。

明星的裝甲很硬，有可能無法一槍收拾掉。要狙擊的話，就要找沒有遮蔽物的地方，而且那個瞬間，胸部還得朝向這邊才行。

混濁殺意有如野生猛獸般待在安迪死水般的眼瞳裡。

「今天世界也照我想的那樣轉動著……沒有任何適任者比我還要優秀，仁為什麼不肯承認這件事呢。雖然他不准我殺掉對方……但我絕對要殺掉吶。殺掉對方，這次一定要向仁證明我才是優秀的存在──嘀嘀咕咕。」

安迪跟水久那他們一樣，是前ＣＩＡ出身的人造適任者。安迪再次握好操縱桿。

「會因為這一槍就衝上我的射擊路線嗎？……不會吧。按照預定，再殺兩、三個人明星就會更換標的。第二個目標是養父武藏・結城。」

狙擊手用臥姿拉動天使之塵的砲身拉桿，彈匣猛然拋出遭到廢棄，新的子彈被裝進狙擊槍。

『來，憤怒吧……大和．七扇，然後悽慘地被我殺掉吧。』

『讓開！』

艾菲娜踹飛亞門特，亞門特墜入海面。她立刻前往大和那邊──

艾菲娜在明星身邊著陸。

『七扇！明代表她……!!』

戀華受傷的模樣，以特寫畫面顯示在艾菲娜的駕駛艙螢幕上。

明星傳來大和六神無主的聲音，艾倫立刻做出決定。

「艾菲娜！自動警戒！我馬上回來！」

『明白了。』

艾菲娜脖子根部的胸針滑向下方，艾倫飛身躍至外面。

『戀華，喂，別開這種無聊的玩笑了……回個話啊，欸！』

艾倫背後傳來大和的聲音，艾倫十萬火急地趕至戀華身邊。

「艾菲娜！要向研究所請求醫療援助！現在是分秒必爭的局面！」

艾倫對裝在手背上的徽章懷表發出指示。來到戀華身邊後，艾倫用手指抵住她的脖子根部，接著將耳朵湊向嘴邊。她有脈搏，也還有呼吸。

艾倫扛著戀華前往建築物內避難。

「陰、帝。」

被搬離現場的戀華在意識朦朧下伸出手，那隻手伸向了明星那邊。

「喝呀啊啊啊！」

艾倫發出裂帛吆喝，一腳把門踹破。艾倫有如飛降般衝下升降口的樓梯，然後讓渾身是血的戀華躺在地板上。艾倫從沾到血的駕駛員服口袋裡取出紅色方塊。

「腹部撕裂傷！大量出血！需要緊急動手術！」

【醫院方塊】有如連珠砲般講了一大串話，這是只租借給萊因哈特軍上級士官的醫療機械，換言之可以說是「能隨身攜帶的醫院」。

方塊裡伸出七隻機械手臂，而且她四周也產生光壁。在空無一物的場所中，臨時設置了一個緊急手術室。

醫院方塊開始著手治療戀華。

艾倫緊咬唇瓣望向戀華，卻又像是要將她拋至腦後似地再次衝上樓梯。

另一方面——在外面那邊，艾菲娜正在向明星搭話。

『又是……我，害的嗎？因為我……我喜歡上了那傢伙。』

『冷靜，武士大和。此時此刻如果亂了方寸——』

艾菲娜的耳飾瞬間發出一道藍光，艾菲娜將明星橫向踹飛。

明星墜至山崖下，艾菲娜頭頂的空間扭曲變形，空間立刻有如玻璃工藝品般碎裂。

『檢測到TD突破反應！閣下！請快回來！』

艾菲娜朝瞭望臺伸出手掌，艾倫從建築物飛奔而出，乘上艾菲娜的掌心。另一方面，在艾菲娜頭頂處，亞門特撬開了空間。

『咕！』

亞門特用單手緊握艾菲娜纖細的脖子。

『這裡太吵了，稍微奉陪一下吧，緋紅女士。』

「艾菲娜！」

艾倫把艾菲娜的手臂當成道路奔跑，飛身躍進駕駛艙內。艾倫一進入內部，胸針就向上蓋合。艾菲娜用雙手抓住亞門特的手腕。

『艙門關閉，請準備進行次元跳躍。』

艾倫的通訊傳至曉的艦橋上，艾菲娜被亞門特抓住的身影映照在艦橋那邊。

「艾倫！」

紫貴臉色發青，艾倫立刻回答。

『九重！總指揮交給妳負責！雖然抱歉……但之後就拜託妳了！』

紫貴咬緊牙根，卻還是「嗯嗯」點頭同意。

艾倫不只對曉、也對EIRUN CODE所有人一起發出通訊。

在畫面中，艾菲娜正漸漸被拖進空間洞穴中。

『通告全軍！要贏啊!!』

艾倫的命令傳到眾隊員耳中，葵從研究所出來的鬼燈・炎一號捕捉到艾菲娜漸漸消失的身影。

『隊、長……』

『未來……未來是要自己用手掌握的事物！』

留下這句話後，艾倫・巴扎特跟仁・長門從這片戰域上消失了。

VI 修羅與火山

十九點半．祕密研究設施。

在地下五十公尺處的臨時空間裡，飛鳥正在對格蘭二號與格蘭三號進行最終調整。在這種狀況下，月下與日向仍處於無法出擊的狀態。

『艾倫先生他——』

格蘭二號．火焰拳擊手傳出日向的聲音。飛鳥在它腳邊掃視光學畫面，用高速敲打光學鍵盤。

『喂！還不能出擊嗎！』

格蘭三號．烈火踢者發出月下焦躁的聲音，然而飛鳥仍是默默作業著。是心理作用嗎？她的表情看起來有些不悅。

「還要再花一些時間呢，妳們兩人可以趁現在去上廁所或是去補充水分唷。」

『妳是在說啥啊！敵人打過來了喔！』

即使月下大吼，飛鳥也沒停下敲擊鍵盤的手指。

「芭金耶莉，就是那個像蝸牛的鄰人，它的外殼艙門開口幅度並沒有那麼大喔。如果是戰騎裝的話，一次四隻就是極限了吧？區區三百機的話，靠十號一架就能逆轉了，用不著那麼慌張啦。」

『那邊也有鄰人喔！』

是對飛鳥的反應看不順眼嗎？月下強烈地感到著急。然而飛鳥卻抬頭仰望月下搭乘的格蘭三號。

「每個傢伙都是，在那邊鄰人鄰人的。」

看到飛鳥的模樣，格蘭三號發出月下悶悶的聲音。

『伍橋小姐，夠了──』

格蘭二號壓住格蘭三號的肩膀。

「那些臭未來兵器有點太囂張了呢……」

飛鳥只說了這句話，就再次動手作業，月下也不再說些什麼了。

明星有如沉入岩石表面般倒下。在夜空下，武士有如沉眠般熄去眼部攝影機的燈光。在一片漆黑的駕駛艙內，大和眼球顫抖著。

「真的……」

《陰帝》——信任著自己的戀華。

「讓我想開殺了，你們這些混帳王八蛋！」

（為什麼沒有一次就學到教訓？為什麼沒有一次就劃下句點？）

大和沒眨半下眼睛，雙目炯炯發光，血絲遍布。

（有這種心情的人，明明只要有那傢伙一人就夠了。）

《大和A夢！》——在神無木綠生前看到的、有如向日葵般的笑容。

大和有如要流血般緊咬牙根，滿臉怒容握住刀柄。

熄滅眼部攝影機發出綠光，光芒立刻由綠轉紅。

巨大軀體從岩石表面抬起，沾上泥土的白銀武士起身了。

人機猛然將手橫向伸出，專用裝備【曙丸】描繪弧線收納至那隻手裡。尖銳金屬音混雜在波濤浪聲中回響著。

明星的眼部鏡頭收縮，櫻之劍的戰騎裝部隊已經開始跟海岸防衛戰力交戰了。明星的眼部攝影機有如人魂般搖曳著。

『連一個人……連一個人都別想活著回去。』

人機內部響起馬達聲，促動器開始回轉，大和可以實際感受到能源開始在明星機體內循環。

『你們這些傢伙……………全部殺光。』

明星從海岸那邊移開目光，那顆頭正在找尋方才襲擊瞭望臺的那顆凶彈的主人。

AGF躲在岩場背後，評估第二射的時機。

安迪一度將目標鎖定為有明的艦橋。然而狄絲特布倫在附近跟亞蒙戰鬥，射角有可能會讓這邊的位置曝光。

在這種情況下，安迪決定暫時對明星的動向——大和的精神狀態——進行觀察。

「來吧，快點給我出來。」

準星目標框內映照著明星墜落的懸崖下方。在框中，海浪重重撞上岩礁朝四周飛散，就在此時。

『喔喔喔喔喔喔喔喔喔喔喔喔喔喔喔喔喔喔喔喔喔喔喔喔！』

猿叫般的吼聲發出，明星高高躍向天際。超乎規格的跳躍力讓安迪瞬間被這股氣勢吞噬，然而吃驚卻立刻轉變成喜悅。

「真的？」

『剛才開槍的是誰啊啊啊啊啊啊啊啊啊啊啊！』

明星在天空橫揮長太刀，安迪透過螢幕看到那副身影。

「呀哈！才一發就跟想像的一樣!?我都超無言，變得想殺掉你了呢，大和・七扇！你果然不是什麼特異點（progress）！如果是ＩＡ的話，肯定會把你算成半吊子（demi）道具的喔，你這蠢人！」

安迪望進狙擊鏡，準星目標框追著不斷上升的明星。狙擊點就在一瞬間——高度抵達極限的那個時候。

「我果然是完美的。這個結束後，接下來就去解決魔女之零（witch・zero）吧。」

就在安迪準備扣下操縱桿扳機之際。

「什——！？！？」

準星目標框內的明星望向這邊，安迪產生透過狙擊鏡跟明星四目相接的錯覺。動搖的心情傳至指尖，他就這樣扣下扳機。

岩石背後閃現槍火，ＡＧＦ的狙擊槍發出砲聲噴出火。

子彈跟瞄準的一樣，飛向高度一百二十五公尺處的明星。

另一方面，明星立刻用長太刀守住機體中軸，用刀刃隱去中線。

右眼中彈——子彈被刀身彈開，擊穿明星的右眼。

頭盔猛然飛向後方……然而，變成獨眼的武士卻立刻望向下方。

紅色獨眼望向下方──ＡＧＦ那邊。

從頭看到尾的安迪感到毛骨悚然。

（作戲的!?）

只是一射，大和就找到了這個狙擊點。

『那傢伙！故意被射擊找到了這邊的狙擊點！』

ＡＧＦ站起來，開啟放在腳邊的三個貨箱。那是用來收納鄰人用武裝的東西，箱子裡面收納著各式各樣的選配火器。

另一方面，明星破壞岩場著地。噴煙掩去白銀武士的身形，赤紅光芒在揚起的濛濛白煙中搖曳著。

『……』

紅光目不轉睛地眺望ＡＧＦ的方位。

『生氣也是裝的嗎！是嗎？如此一來仁誇他或許也有道理呢！』

ＡＧＦ開始將武器固定至肩膀、手臂，以及膝蓋等各處。

『不過很遺憾，這種情況我也有好好地想像過了！只能進行接近戰的鄰人跟靶子是一樣的吶！在接近前我就會把你打成馬蜂窩！你只會更加痛苦地死去唷，特異點（progress）！』

　ＡＧＦ左臂吊著卡特林機槍，左前臂裝備榴彈發射器，膝蓋處則是裝上火箭彈發射器。它朝明星著地的地點舉起槍械。

「好，放馬過來！」

　在駕駛艙內，安迪再次望進狙擊鏡。他找出明星的反應，並且放大畫面。滿心以為會朝這邊猛衝的明星——

「為何……沒跑過來？而且那個——」

　把單腳抬得高高的，**就像要投擲某物似的**。

「投球的…………姿勢？」

　在那瞬間，ＡＧＦ放下舉好的槍械。然而安迪立刻察覺到大和的企圖。

『該不會要——嗚!!』

　一球炸裂————ＡＧＦ從右肩到指尖處被炸飛了。

——裝甲破片粉碎飛舞——天使之塵的砲身被折斷——ＡＧＦ的右臂慘遭擊飛墜

向黑色大海。

ＡＧＦ腳步踩空，一屁股跌坐在地面上。

『怎麼會！這種……這種事！』

右肩破損部位冒出火花，機油有如鮮血般開始垂流。

『我可沒想像這種事！不對，這種事誰都想像不到吧！』

謎樣的一擊將ＡＧＦ逼入無法戰鬥的絕境。

大和的聲音以強制通訊的形式傳送至ＡＧＦ的駕駛艙。

『剛才**投出**的是一百六十公分的鐵球，是我把戰騎裝裝甲像是捏黏土般揉出來的東西，可以姑且稱之為一百六十釐米明星砲吧。』

『只是丟東西就擊碎了鄰人六十六層的特殊研磨裝甲嗎！這是不可能的事！』

從右肩至指尖處全毀，如果再往左邊偏數十公分的話，連駕駛艙都會被擊穿。

身為ＡＧＦ機體神經的驅動系統大大受損。

如此重大的損害全是──一記「投球」所帶來的災厄。

「為何為何為何？為什麼世界沒照我描繪的那樣去轉動呢!?得了一百分後，接著應該拿下兩百才對的呀!?為何ＡＧＦ快壞掉了啊！」

安迪陷入恐慌狀態，試圖操控機體。

他切斷右半身的驅動系統，試圖將機體重新恢復至可以自行走動的狀態。他認為必須盡快離開現場才行。

「修正修正修正！那個真的不行！頭腦簡單四肢發達也要有個限度喔，7號機！」

在駕駛艙螢幕裡，明星再次進入投球動作。

「……等等，別再動了。別讓我做這種想像！」

安迪沒發現自己露出快哭出來的表情。

『就算用單眼也能看得很清楚喔。露出來的胸部……駕駛艙就在胸部裡面吧？換句話說，你也在那裡。』

『特異點（progress）！明白了！就讓你當第一吧！我會好好認可你的性能的！所以……停手吧？殺掉我可是會損失慘重的唷？……好不好嘛！』

AGF跌坐在地，將左手伸向前方，簡直像是在求饒似的。

『住手──！』

安迪的祈求落空……AGF胸部的駕駛艙被開出一個大洞──

白銀甲冑沉入地面，明星將上半身從投球姿勢中移回原位。

『所謂的鐵砲，就只是讓彈丸快速丟往遠方的裝置。狄絲特布倫能把武裝貨櫃仍到五公里遠的地方，輸出功率有它六倍的明星沒道理做不到。』

完成復仇後，大和並未感到痛快，明星開始找尋新目標。

長著多隻腳的巨大貝殼在淺灘海面滑行。

是仁的親信——巴蕾娜・聖迪諾操縱的鄰人19號機【悠陽拾型】。

『安迪被……瞬殺。』

進入沙灘後，悠陽剎了車。巴蕾娜正在思考要擊潰海邊的防衛線，但她立刻又改變了方針。

她向芭金耶莉四周的戰騎裝部隊下達指令。

『預定要變更了！我去阻止7號機！由古斯塔隊負責登陸！你們去鎮壓城市吶！只要擋下鄰人，剩下的全是紅蘿蔔配菜！』

悠陽再次在海岸上前進，但結果又是如何呢？夜晚的海邊滾落著數不盡的殘骸，那些全部都是櫻之劍的先遣部隊。然後，那東西立刻就過來了。

『妳說誰是紅蘿蔔配菜!?』

鬼之戰騎裝【鬼燈・炎一號】從天而降斬落雙刀，高周波震動刀【鬼】撞上悠陽的貝殼。電鋸般的刀刃摩擦聲響起，同時冒出劇烈火花。

『這傢伙……是北美戰役那時的！』

『EIRUN CODE 特別作戰班！一之瀨葵跟鬼燈・炎一號！給我記好囉！妳這個貝殼小子！』

雙刀與貝殼互相碰撞……葵心中突然掠過一股討厭的預感，鬼燈同時讓雙肩噴射器進行逆向噴射。才一跟悠陽拉開距離，貝殼內部就產生爆炸。

『讓開，一之瀨！』

有如跟鬼燈互換般，三架藍色塗裝的戰騎裝團團圍住悠陽。

是星辰小隊【風神特裝型】三機，它們在各自的頭部塗裝著「三」「蒼」「星」的漢字。以大地機為首、奧爾森機跟山武機用機關槍讓產生爆炸的巨型兵器吃下集中砲火攻擊。

『成功了嗎!?』

山武機才剛發出聲音，就有東西從噴煙中飛出。那是榴彈。榴彈在四機腳邊著彈後立刻爆炸，葵等人千鈞一髮地散向四周避開爆風。

『漢字塗裝跟冰室工廠的戰騎裝（BS）……我想起來了，你們就是仁誇獎過的傢伙嗎？』

女性型外形從爆炎中現身——那是人型巨大兵器，穿在身上的禮服看起來也像是和服似的，巨大貝殼一分為二飄浮在它兩側。貝殼改變姿態，變成砲擊支援套件。這個女性型人機就是鄰人的本體。

【悠陽拾型】——多面戰鬥型鄰人。

貝殼狀軀體相當於武裝背包，而並非本體，人型多用途機就沉眠在貝殼狀特殊裝甲之中。它能執行強襲鎮壓、陣地防衛，以及像現在這樣以分離狀態進行多用途戰鬥。

『我道歉，這樣對紅蘿蔔很失禮呢。』

『……真敢說吶。』

鬼燈再次舉起雙刀，那張鬼面將目標鎖定在女性型人機上。

悠陽的和服——從上臂垂下的長袖子——變得又尖又硬。

悠陽將和服衣襬變成劍，用它指向鬼燈那邊。另一方面，風神特裝型三機則是瞄準了兩架貝殼套件。就在此時，四機的雷達捕捉到新的反應。

奧爾森機傳出『這個反應是!?』的動搖聲音。

『七學長！』『七號機!?』

鬼燈與悠陽同時望向同一邊。在對角線上，明星正踩爛沙灘助跑著。明星踹向地面，展露身手表演了一個一百公尺級的大跳躍。

看到那副模樣後，搭乘在悠陽上的巴蕾娜心中掠過不好的預感。

『那個方位是……約希姆被發現了！』

明星的目標是櫻之劍真正的主力——18號機梅奇賽德克。

在高度一百五十公尺處。

反射光在月光下若隱若現，它無聲無息地接近至瑞士島上空。

鄰人18號機【梅奇賽德克】。

它背負有著新月造型的大型飛行套件，裝在腰部的六片翅膀上有著炸彈艙。

梅奇賽德克固定在專用裝備上，以這個狀態使用光學迷彩。它跟周圍的景色同化，隱藏其身影。

然而……梅奇賽德克卻突然改變格林機關砲的方向，接著下方有黑影高速逼近……轟音響徹四周。梅奇賽德克因這道衝擊而從上空向下滑落數十公尺，而且連光學迷彩都被解除了。梅奇賽德克有如上了顏色般浮現出全貌，攀到梅奇賽德克身上的是明星。

『別小看明星這隻性能怪物的眼睛跟耳朵。它身上雖然沒有搭載鄰人的神奇機能，但基礎能力卻高得離譜。』

明星的獨眼居高臨下地瞪視梅奇賽德克的臉龐。梅奇賽德克被壓住手腕，兩門格林機關砲也跟著掉落。然而，它立刻用頭部的機關砲應戰。

兩者之間激烈地產生槍聲跟光芒，然而明星的裝甲很厚實，槍彈悉數被鎧甲臉彈飛。

明星將手臂繞向梅奇賽德克背後，然後牢牢地抓住自機的左手腕。將梅奇賽德克固定住後，月之聖者的裝甲開始發出悲鳴。

『聯合國公布的鄰人戰術排名……標準過於鬆散了吶。』

獨眼的紅光變強，另一方面梅奇賽德克拔出頭部的角。角的裝飾化為利刃，梅奇賽德克對準明星的肩膀用力將它扎落，揮下的利刃發出金屬聲響，折斷飛舞至空中。

『暫時排名第一的梅奇賽德克（你），對上萬年吊車尾的明星（這傢伙）——』

『結果就是這樣嗎！』——梅奇賽德克被拋斷了。

梅奇賽德克的上半身跟下半身各自墜落，連固定在上面的火器殘骸也是。明星也以自由落體形式墜向地面。只有飛行套件被留在原地，不久後在空中爆炸。只剩下上半身的梅奇賽德克有如在海邊滑行般墜落，獨眼武士也掀起地表著陸。朝聖者的殘骸瞥了一眼後，明星抬起頭盔。

『這樣就是，兩架！』

明星降落的海岸在葵她們對角線上的位置，大和確認迂迴至島嶼外側的部隊。是戰騎裝部隊，數量大約是二十架。明星有如堵住它們的去路般擋在前方。

『我不會要你們退下，因為你們也有著自己的大義吧。』

明星朝旁邊伸出手，曙丸有如被磁鐵吸住般飛向這邊。明星輕輕鬆鬆地接下重達五百噸的超重太刀後，長太刀一邊發出火花一邊被放上肩膀。

『——**以為我會這樣說嗎？**』

大和嗓音的感覺變了，那是冰冷又蘊含著拒絕的聲音。

『你們這些傢伙……用髒屁股狂坐別人的地雷吶。』

戰騎裝部隊在海面上朝左右兩邊展開，各自描繪出扇狀空中機動。

相對的，明星則是有如要踩出相撲步伐般張開腿。

『就算逃跑我也會追上去的吶。拜託你們要一邊慘叫一邊漏尿大聲求饒，最後再被我殘忍地殺掉唷。』

駕駛艙裡的大和眼瞳遍布血絲，左眼流下一行清淚。

「絕對不要原諒我喔……戀華！」

大和重新握好布都御魂的刀柄，明星的獨眼——憤怒成赤紅色的左眼——拖曳出光之軌跡。明星朝繞向右側的五架戰騎裝用力扔出曙丸。

大太刀做出大回轉——飛在前面的兩機的上半身與下半身被一刀兩斷。

曙丸就這樣撞上海面引發水爆炸，將其他三架也吞沒其中。

明星開始單機奔馳，把身心都交給鬥爭心，大和化身為修羅。

（想笑就笑吧！盡情地笑吧！）

另一方面，繞向左側的部隊接近明星。

明星伸出右腕，激烈碰撞產生火花，一機的頭部同時被推向後方。明星也用像是要捏扁的力道抓住它的單腿，然後就這樣雙臂猛然一拉，扯裂戰騎裝的軀體。

（用自己的標準去衡量，要怎麼嘲笑都行。你們這些愚昧凡人又懂我什麼了！）

鋼索纏上明星的右手腕，接著也捲上了左腕、身體，以及雙腿。粗鐵線發出壓輾聲，戰鬥裝的手腕伸出鋼索。

八架戰騎裝齊上，試圖束縛住明星。

（眼中的世界是不一樣的！扛在肩上的負擔是不一樣的！）

在明星的正面——巨大的砲擊單位在海面上前進著。

三架戰騎裝以騎馬打仗的要領搬運著砲擊單位，它的砲口發出紅光。

（我有非盡不可的責任！）

明星的二頭肌隆起，獨眼發出強光。明星有如緊抱自身般交叉雙臂，束縛住手臂的四機被鋼索扯了過去。

明星就這樣將上半身猛然向後一仰使出橋式，此時數公里外的砲擊單位擊發主砲。

四機飛上射線，有如小飛蟲般四分五裂。砲彈從快要擦到明星腹部的位置飛了過去。

明星後方發生大爆炸，爆炸形成背光，將明星裹入白光之中。

（我有非抵達不可的地方！心中有讓神無木死去的愧疚感！有想要回應無聲期待的俠義之氣！）

在熊熊燃燒的爆炎中飛出一顆「戰騎裝的首級」，首級完全塞進砲擊單位的砲口，接著砲擊單位從內部引發爆炸，扛著砲擊單位的三架戰騎裝也被捲入爆炸之中。

用鋼索捲住雙腿的戰騎裝們紛紛切斷鋼索。

白色惡鬼以前傾姿勢從火炎中衝向這邊。

（我可是扛著一堆大到離譜的負擔在拚命掙扎著吶！）

明星發足急奔召喚曙丸，一邊接下長人刀一邊回轉身軀……引發長刀大旋風。

四架戰騎裝被一刀兩斷，爆炸從身後追上吞沒明星。

（乾脆逃避、忘掉一切算了！隨心所欲地活著！就算被抱怨也視而不見！不斷自我欺騙，告訴自己已經做得夠多了！這種生活方式我也想過吶！）

『不過這邊卻還是做不到這種事呢！』

明星將大和的情感化為吼叫聲，明星每一秒都在堆疊殘骸。

大和不斷吼叫，用聲音、用心靈持續呼喊著。

那道有點像是在撒嬌的視線……明明想親近自己卻又強行忍住的舉止……在自己煩惱又不知所措時，想在真正的意義上拯救自己的少女心。

『那個心知肚明卻伸不出手接納對方的懦夫就是我！』

別把我跟女人一個換過一個的搭訕男視為一丘之貉，這邊可是沒談過戀愛的處男吶。

那道視線，楚楚可憐的舉止……有時候會讓人覺得壓力很大。

強過頭的責任感讓戀慕之心變成重擔，自己無法公私分清楚做出割捨。會忍不住去考慮她的未來，覺得自己又會多出新的負擔。

所以才佯裝不知，保持不會傷害到對方的距離，只讓她接近到不會變成自身負擔的地步。不過——可是——

『我一直在逃避！結果就在我想試著面對她時卻來這一齣嗎！』

只有半吊子覺悟的代價就是這個嗎？

『這究竟算啥！誰能告訴我啊！到頭來我該如何是好！』

沒能守護住……讓明戀華步上神無木綠的後塵。

『早知道會這樣！一開始就不會喜歡上她了！』

大和發出悲嘆的同時，明星肆虐全場。狂暴、狂亂、不斷肆虐——

回過神時，大和已孤身殲滅了登陸部隊的其中一翼。

巨大扁平足沒入沙灘，波浪有如輕撫雙腿般來來去去，遠處傳來槍砲聲。明星軟綿綿地垂下太刀，有如捧住般用手遮住鎧中臉龐。

『艾倫，告訴我……我，錯了嗎？』

大和半懇求似的，詢問不在場的戰友。

就在此時，海面揚起浪花飛沫，猿人鄰人從海中飛出。

『很囂張嘛！小鬼！』

是鄰人4號機與其適任者古斯塔夫。

猿王高高躍起飛越明星，身形交錯的瞬間，它抓住明星的後腦勺。

明星的臉龐被狠狠擊向沙灘，鎧甲臉陷入沙中數公尺。猿人俯視趴伏在地的武士，明星單手撐地試圖起身。

『不過有點欠缺禮儀吶！』

猿王使勁踩下明星抬起的頭，明星的臉龐再次沉入沙中。

『最近的小伙子姿態都擺很高吶，明明什麼都沒看過，卻擺出一副什麼都見過的**得意表情**。知道大人看到這種小鬼會想什麼嗎？會感到很厭煩吶。心情不好時看到這種人會想砍掉他的頭呢。』

明星抓向猿王踩住自己頭部的單腳，用蠻力摔飛猿王一邊大吼『是嗎！』。猿王用無法從那副巨軀想像到的輕盈動作在空中飛舞，做出一回空翻後在海面著地。另一方面，明星抬起臉龐，大和身上湧現濁黑色情感。

『我現在相當火大，所以——』

明星撿起曙丸，獨眼發出赤紅光彩。

『是要痛苦而死，還是要相當痛苦地死去……做出選擇吧老頭。』

大和如此說道後，猿王傳出粗啞轟笑聲。猿王背部的裝甲向上抬起，從內部彈出白兵戰棍棒。

棍棒在空中伸長後，收納至猿王手中。猿王用輕靈動作來回揮舞棍棒。

『誇下海口最後卻哭著叫媽媽的傢伙有很多喔。』

猿人鄰人有如長槍般舉起長棍，其雙手伸出鉤爪。

4號機【猿王】——強制誘導型鄰人。

在人型多用途機中它被分類至最新型機種，機身塗裝為黑色跟橘色，機體設計令人聯想到西遊記裡的孫悟空。

它跟明星一樣擁有強大機體性能，以及能強制吸引馬里斯的特殊機構【咆哮】。

『做為部下被幹掉的回禮，把你從駕駛艙拖出來像洋娃娃一樣拔掉手腳吧。』

（這傢伙……）

明星用長太刀擺出中段架勢。從剛才的交手中，大和親身感受到它跟先前打倒的AGF31還有梅奇賽德克不同，並非那種重視機能性的機體。

（是同樣類型的鄰人。）

大和繃緊神經，橘色猿人與白銀武士開始單挑。

櫻之劍藉由芭金耶莉大量投入部隊。

現在他們以包圍小島的氣勢開始進軍，然而紫貴指揮的 EIRUN CODE 隊員們卻堅守重要據點防禦住攻勢。

相當於正面玄關的沿岸地區第一防衛戰線——此處目前正由瑞士正規軍跟葵・星辰小隊全力支撐著。

至於島嶼上空，以及沒布下防衛的西北海岸——梅奇賽德克發動奇襲，敵方部隊則是繞向島嶼後方伺機登陸，卻在大和的隨機應變下受到阻止。

EIRUN CODE 的奮戰讓戰況處於相對優勢，然而在物量差距上，櫻之劍仍是占上風，可以說這是只要出現小小失誤就有可能令戰線全面瓦解的狀況。

西南部——沿岸地區第二防衛線。

瑞士島正規軍並未配置戰騎裝，機甲部隊的運用形態也過時了。

在海邊處，自走榴彈砲與戰車不斷進行砲擊，護衛艦則是在海上射擊艦砲。

然而護衛艦卻一艘……又一艘地被轟沉。

戰騎裝們在海邊成功登陸，戰車部隊調頭頻頻改變砲塔方位，卻被戰騎裝靈活自如的機動玩弄於股掌之間，數量不斷減少。

沿岸地區第二防衛線距離淪陷已進入讀秒階段。

戰車砲手發出悲鳴，櫻之劍的戰騎裝【林肯RF】以泰山壓頂之勢一腳踩扁戰車。

『Clear，就這樣攻下第三防衛線。』

林肯RF是美國民間公司開發的戰騎裝。

雖然價格昂貴，不過砲戰格鬥戰都擅長、用途廣泛是其賣點，是三國軍方大量訂購的高性能機。

機身是沒有光澤的消光黑，設計雖然纖瘦，卻具備頗為強力的機體輸出功率。

一架林肯改變了頭部的方向。

單眼攝影機捕捉到夜晚的城市地區，機甲部隊在那兒嚴陣以待，其數量跟數公里前方的沿岸地區一樣。

『這裡的士兵真強吶，沒投入BS居然能把我軍減少到這個地步。』

『殘彈六成，被消耗掉不少了。』

戰騎裝陸續從海邊登陸。當初是兩個中隊的隊伍，如今只剩下十五機。實際上被削減了將近半數之多。

僚機向林肯隊長機提出進言。

『貝尼，改變作戰計畫吧。那些傢伙晚上也看得很清楚，正面硬上會有危險——！』

瞬間，「紅銅球體」襲向僚機的上半身，其他林肯機立刻朝四周飛散拉開距離。中彈的機體被融解成赤紅色，脫逃機能運轉。

駕駛艙區塊從背部彈出，不久後機體爆炸破碎。

『雷寧！可惡！是新敵人嗎!?』

登陸部隊迅速做出應對，裝備盾牌的五架林肯移向前方。

沒拿盾牌的機體有如交換般退至他們的身後。

『雷斯特！馬奇西米到我後面！動作快一點慢郎中！』

駕駛員如此大叫，將足以遮到頭部的大盾舉至正面。他在警戒剛才擊倒同伴的謎樣火球。又有兩發火球——從城市另一邊的森林地帶飛向這邊。

所謂的火球就是炎彈，最前面的林肯用盾牌防禦炎彈。

強大衝擊襲向擔任盾職的林肯，它在即將被轟飛的前一瞬間勉強踩穩步伐……

然而——

『盾！盾牌像是奶油般融掉了！』

用來防禦的盾牌——被設計成足以擋下一八〇釐米戰車砲的盾牌黏呼呼地融解了。

『這可是以色列製造的耐APDS盾牌耶！好痛！』

這次又接連射來兩發，第一發融掉盾牌，第二發燒掉林肯的上半身。那個駕駛員在爆炸前彈射了駕駛艙區塊。

森林深處傳來驅動音與折斷樹木的聲音，感覺像是機動兵器的照明燈在森林裡來回穿梭，登陸部隊漸漸陷入混亂。

『這個反應！好快！太快了來不及完全捕捉到——！』

『開火！別管了快開火！』

林肯開始朝森林地區一起射擊，槍擊閃光照亮它們各自的消光黑上半身。然而奔馳聲並未停止，甚至還漸漸變大。

機體照明燈在樹木縫隙間來來去去之際……炎彈擊發燒毀一機，然後又是一機。又有兩具駕駛艙區塊脫離了戰線。

指揮官機發出隊長的聲音。

『要來了！』

三棵林木被轟飛——現身的是月下操縱的格蘭三號。

『要努力工作補上遲到的份喔！陰險兔子！』

鋼鐵怪獸躍向空中，長在牠背後的是——

『用不著妳說！』

跟格蘭三號**合體**的格蘭二號發出日向的聲音。

格蘭二號在空中舉起裝在右臂上的可變式炎熱砲塔【萬花筒日晃】。萬花筒日晃發出重低音吐出炎彈，又有兩機被融解至腰部爆炸了。

『你們看好————！』

格蘭二號背著的冷卻套件傳出飛鳥的聲音。

重裝甲的四足怪獸格蘭三號擔任下半身。

獨眼的砲戰戰騎裝格蘭二號則是擔任上半身，然後再背上跟鬼燈·炎一號同樣搭載動力源【玩具九號】的格蘭一號。

外形就像半人半蛛的怪物——阿刺克涅。

獨眼狙擊手得到了最快速的下半身闖入戰局。

『這就是我十號的完·全！最終形態！子彈特快列車屠殺坦克！』

格蘭從腋下跟多足噴出蒸氣。

『其名為格蘭沃爾干！喔喔喔喔喔喔喔喔喔喔喔喔喔喔！』

格蘭一號、二號、三號同【格蘭沃爾干】戴著耐熱裝甲槍臉。獨眼在槍臉縫隙中發光畫出十字。

『現在是報上名號的時候嗎！』

月下開口吐槽，抵達沿岸地區的林肯RF將目標鎖定為格蘭沃爾干。一機從右邊飛撲而來試圖壓制住格蘭。

「嘖！」

月下在機車型駕駛艙上發出咂舌聲，她將體重傾向右邊，猛然倒下側向握桿。反作用力讓裹在防護服內的乳房上下彈跳。

格蘭沃爾干發出壓車聲，下個瞬間，機體**消失了**。

飛撲而來的林肯，其下半身四分五裂化為碎片飛舞至空中，就像巨大砲彈從它身上通過似的。殘留的上半身猛烈撞上海邊。

一百公尺前方的沙灘同樣發生爆炸，這邊不是點火造成的爆炸。格蘭沃爾干掀起沙瀑現身了。在駕駛艙上，月下呼吸加速。

「多麼地堅硬……還有這加速力(speed)。」

月下在聲音中混入性感氣息，有如磨蹭般蠕動股間。

「像噴射引擎爆炸一樣，是，蟑，螂，嗎！」

月下身軀痙攣沉浸在餘韻中……抬起臉龐時，月下已雙頰潮紅。

「這個，很不妙……搞不好會回不去……」

月下吐出性感喘息，連同汗水一同撩起瀏海，舌頭左右舔拭弄溼嘴角。另外在副螢幕上也一直接通著跟日向還有飛鳥的視訊畫面。

日向在畫面另一側胃酸倒流。

『小日向！月下使用瓦普時有開啟慣性控制開關嗎？會嘔吐的唷？』

『請事先！告訴我！』

日向一邊擦嘴一邊責怪飛鳥，眼角掛著淚水。

「瓦普就是剛才那個瞬間移動的名字嗎？」

月下如此問道後，飛鳥被嚇得說了句「小月下表情好色」。

『其全名是一秒全力加速（one second · full boost）！現在的十號加上過去的彈跳多足奔馳、四足動物機動，以及車輛行駛等三種形式，變得可以在一秒內達到最大加速值唷！總之小月下的工作就是逃跑！卯起來逃跑！』

「這還真是……好懂！」

月下笑著低下頭，右手替機器換檔。

格蘭沃爾干的巨大輪胎（road wheel）急速回轉——揚起煙塵急速發動。上半身以腰部為支點進行回轉，狙擊手舉起右臂的槍。

『是在幹麼啊！給我狂射啊！』

『視野又被妳害得——呀啊啊！』

日向還沒瞄準，格蘭沃爾干又再次使用一秒全力加速，試圖包圍它的三架林肯失去了目標。

至於格蘭沃爾干——

『用那個的時候請說一下！算我求妳了！』

日向發出懇求般的聲音。格蘭沃爾干折斷大樹，在地面挖出一條筆直的溝停了下來，那副光景簡直像是隕石掉進森林似的。

『這個只有水平跳躍啊！旋回機能是渣嗎？使用時機不好掌握呢！』

格蘭播放月下的聲音站起來，獨眼望向沿岸地區。

『等陰險兔子能動後就過去吧！』

『嘻嘻！終於可以收集到實機數據了！妳們兩個！盡情大顯身手吧！』

『真是的，差勁透了！』

曾是冰室義塾自豪的最速跑者跟必中槍手，絕對不會相交的水與油……雖然心不甘情不願卻還是牽起彼此的手——

海本茲少尉率領的第一二三戰騎裝小隊受命攻下沿岸地區第二防衛線，也是因為海本茲小隊長還很年輕的關係，按照預定他們要等壓制敵方後才會登陸，如今卻有如被踢屁股般接到出擊命令。

四架林肯有如撕裂海面般前進著，推進器的噴射氣流捲起波浪。海本茲在前面帶頭，其餘三機則是跟在後方。

『各機，再過四分鐘就會進入戰鬥區域，只要照訓練的去做就不會有問題。』

海本茲如此說道，聲音卻也發著抖。他是剛滿十六歲的少年，其他隊員們也是半斤八兩。今天是海本茲隊第二次出擊。

總是嘴上不饒人的隊員們也是老老實實的，是因為緊張嗎？

前進兩公里左右時……飛在前面的海本茲機高聲喝令『停下！』

眾林肯機逆向噴射推進器緊急剎車，有人開口抱怨隊長突然停下，但所有人立刻啞口無言。

『漂浮在這裡的……該不會全部都是？』

海本茲機發出訝異聲，周圍海域上漂浮著數不盡的四角形方塊。定睛一看，它們全部都是林肯機的駕駛艙區塊。它們一個個都發出了ＳＯＳ的訊號。

『海本茲！快看那個！站在海岸上的傢伙！』

背後的一機發出部下的聲音，海岸也是一片異樣的光景。

那兒站著一具融解成黏稠狀的人型物。外裝融解發出赤紅光芒，融化的鐵有如熔岩般在腳邊擴散不是嗎？

光是進入視野的融解機體就有十二具……那是引擎部位逃過一劫沒受損而沒有爆碎的殘骸群。另外，並不只有這些奇形怪狀的物體雜亂地聳立在沙灘邊。

沿岸散布著會令人嗆到的火塵。

「喂新兵菜鳥！要吃驚是可以，快點把我拉上去！」

其中一具駕駛艙區塊傳來語音通訊，那是中隊長之一。

在那之後，海本茲小隊為了回收駕駛艙區塊而忙得不可開交——

——準星目標框彈跳——馬尾配合震動跳躍——少女用嘴咬著子彈——螢幕上的林肯機反應又少了一架。

「噗！呀哈！」

日向吐掉子彈，發出喜悅嬌叫。她眉開眼笑，樂得闔不攏嘴。

「飛鳥小姐！這架機體，棒極了……棒極了呢！」

日向前方那一片操縱裝置跟以往的形狀不同，排列著各式各樣槍械造型的操縱桿。有雙槍、狙擊槍，以及跟砲擊有關的副扳機。

日向現在手握雙槍的操縱桿，一邊看著目標框猛扣扳機。她心情絕佳，看起來好像隨時會哼起歌似的。

在外面，格蘭沃爾干正靈活運用著萬花筒日冕。

適用多種彈藥‧可變式炎熱砲塔【萬花筒日冕】——格蘭沃爾干的專用砲筒。砲塔會配合使用目的而變形。

『模組C－2！槍戰！我沒射擊過這種槍耶！戰騎裝的裝甲有這麼脆嗎？我都想笑了呢！』

格蘭沃爾干在林縫間奔馳穿梭，砲筒一發、二發射出炎彈。追擊格蘭沃爾干的二機下半身融解，火勢延燒至附近一帶，形成一片火海。

『小日向！西北方五十公尺！有七機過來了！』

『模組G！卡特林機關砲！伍橋小姐往右！』

格蘭沃爾干傳出月下「嘖！」的咂舌聲，格蘭沃爾干折斷樹木轉換行進方向，其間萬花筒日冕的砲身變形為卡特林機關砲。

『萬花筒日冕！展開為卡特林模式！』

砲頭空轉……以秒數兩百發的速度拋撒哀變鈾彈。

橫揮撒出的子彈貫穿眾戰騎裝的手腳，有如玩具般扯掉手腕與膝蓋，又有四具駕駛艙區塊被射向森林外面。

『它自己打偏了耶？』

日向發出訝異聲，飛鳥說道：

『因為非殺傷模式正在運行嘛！日冕的熱度也調降不少唷。剛才那些戰騎裝會感應體溫，一有危險就會啟動脫逃裝置。不過使用實彈的話，如果射中不好的地方還是會殺掉對方的，所以機械那邊會對瞄準進行調整喔。』

『那還真是優秀。陰險兔子像是打馬里斯那樣卯起來開槍的話，可是會堆出兩座屍山吶。』

月下佩服地應和，在這段期間內格蘭沃爾干依舊東奔西逃。

『畢竟十號能完成也是託仁他們的福，殺掉他們事後感覺會很差呢。如果這樣還是死掉的話，哎，那就算是運氣不好了……快看，小日向，過來了！」

『那我就用不著客氣了！』

日向發出喜孜孜的聲音，格蘭沃爾干再次舉起卡特林機關砲的砲身。

大口徑卡特林彈將樹幹、土壤，甚至是戰騎裝裝甲都盡數咬碎。

『不愧是四七釐米口徑！鄰人平常都在射擊這麼棒的東西嗎？用這個的話，連城堡種的外皮都能射爛的不是嗎！』

格蘭沃爾干一邊前進，一邊向外洩漏日向的感動聲。進入射程內的敵人都變成日向的餌食，然而月下卻忽然粗著嗓子大吼：

『著彈警報！準備衝擊！』

格蘭沃爾干的下半身有如大猩猩般開始攀爬山道，助跑加速後高高躍至上空。

一部分森林零時間差地被轟飛，土壤與碎木還有爆風大大地搖晃位於空中的格蘭。格蘭沃爾干避開直擊，渾身是泥在熊熊燃燒的森林裡著地。

『艦砲射擊！為何!?』

飛鳥發出驚訝叫聲，日向立刻操縱副操控面板查出砲彈的發射地點。螢幕上映照出一艘護衛艦。

「是瑞士軍護衛艦？是被敵人挾持了呢。」

甲板上有兩架林肯RF著艦。日向拉開嘴角，從儀表板那邊拿出一顆新的空包彈。

「我剛好有一把槍想試射看看呢♡」

萬花筒日晷的砲身再次變形，砲身分成兩階段延伸，令人聯想到槍托的部件伸長至右肩後方，格蘭沃爾干的右臂變成長距離步槍。下半身的兩隻前腿也一併變形，縱向回轉一圈切換成**逆關節**。

『模組S，狙擊手。一五四釐米戰騎裝規格……是史上第一把呢。』

格蘭沃爾干拉動砲身拉桿，將沉重槍口指向位於二十七公里前方的戰艦。

轟音——砲擊的衝擊筆直地貫穿熊熊燃燒的樹林。

位於二十七公里前方的前甲板——兩門主砲的砲臺上——出現跟細針一樣的紅點，後甲板的砲塔也是如此。下個瞬間，護衛艦的炮臺爆炸了。前、後甲板立刻變成一片火海。

日向只擊穿砲臺，成功地讓護衛艦無力化。

格蘭沃爾干的獨眼移動……確認命中目標。飛鳥拍手表揚。

『喔射中了！幹得漂亮！』

長距離砲變形、縮小，變回原本的砲筒形態。

『瞄準修正也無可挑剔。選項S2，榴彈！』

位於砲身中腹的兩個部分向外凸起，拋頭露臉的是砲彈。

『可樂餅一號・二號！發射！』

噗咻！鈍重聲響起，同時射出兩發榴彈。穿越大火森林的一機，其雙膝跟臉龐直接被這兩發榴彈命中。駕駛員逃脫後，那架戰騎裝也爆炸破碎了。

格蘭沃爾干一邊吐出炎彈，一邊掃蕩敵人。

就在此時，一架林肯鑽過火焰出現在身邊，林肯朝格蘭沃爾干的頭部揮落藍波刀。

『騙人！』『糟糕！』

偷襲讓日向與月下發出叫聲，飛鳥立刻做出回應。

『沒事的唷！』

格蘭沃爾干的上臂自動伸出埋藏在那兒的機械臂，兩門支援火砲擅自動了起來。

槍火持續了五秒——戰騎裝從顏面到雙肩處都被射成了蜂窩。

格蘭沃爾干還朝正上方射出爆炸引信，炸裂彈之雨撒落在自機周圍。

子彈撒向全方位，破壞四架接近至中近距離的敵人。

飛鳥在駕駛座上雙手環胸，露出好像隨時會笑出來的得意表情。

「會讓人嗆到不能呼吸的大量鉛塊跟火藥。擁有足以塗改地圖的強大火力，就不需要部隊（人數）跟作戰計畫（步驟）了喵！全部一機搞定吶。」

看到敵機反應漸漸消失，飛鳥伸舌舔了嘴唇。

「新時代的兵器需求就是能實現『老子我超強』的戰術兵器吶。以最小單位產生最大的效果，而且還不同於核武，是可以因應纖細要求、細心又**聰明**的大量殺戮兵器……哎，說到最接近的存在，那就會是鄰人了呢。不過芭金耶莉妳是不行的。」

有如蝸牛殼長出裸女身軀的鄰人，以放大畫面顯示在螢幕上。

『那麼，實機數據也收集夠了……該去打大獵物了。妳們兩個。』

將第二防衛線變回灰燼後，鉛色阿刺克涅將目標鎖定為鄰人2號機。

眼前是一片無止境的白冰大地。

暴雪有如敲擊兩機裝甲般不斷降下。

『艾倫．巴扎特！給我聽好！現在是分秒必爭！不立刻阻止那個研究的話——咕！』

亞門特的魔法陣擋下艾菲娜的爆熱彈。另一方面，艾菲娜則是一邊在冰面滑行，一邊擊入爆熱槍劍（ruin・breathe）。

藍色光彈擊向亞門特。

『都說了，我不會上這種當的。』

兩機併肩奔馳……亞門特卻忽然剎車，然後解開浮在肩膀上的魔法陣。艾菲娜也在冰面上著地。

『？……這是什麼意思！』

亞門特、也就是亞芳愛麗絲解開防護罩後，悠然地雙臂環胸。

『我來讓你那顆煮熟的腦袋瓜冷靜一下，用全力放馬過來。』

艾菲娜與亞芳愛麗絲對峙。

淑女有如指責般伸指比向魔人，駕駛艙裡的艾倫則是更加憤怒。

「既然如此，就立刻開啟柯夢菲亞！ＴＤ系統跟元素捲軸都是，還有天目力場！為何打從剛才開始連一樣都不開啟！」

被小瞧了——艾倫真心這樣覺得。

『仁・長門很可恨吧？很令人嫉妒吧？無法完全抹消自卑感吧？我要抹去黏在你心靈深處的心之泥。』

「要瞧不起人也該有個限度！艾菲娜確實沒穿上決戰禮服，不過我可是燃燒著柯夢菲亞喔！把我們找到這裡，就是為了不綁手綁腳地大戰一場吧！」

艾倫如此逼問，仁卻用沉默做回應。艾倫更加感到不耐煩。此時，一直保持沉默的艾菲娜開了口。

『……愛麗絲，吵死人的妳，為何打從方才開始就默不作聲呢？』

艾菲娜詢問的不是仁，而是仁搭乘的亞芳愛麗絲。

『而且，為什麼聽不見那個廢柴櫻的歌聲呢？』

聽聞此言後，艾倫感到不對勁。

在玩偶・華爾茲・鎮魂曲劇中，會半約定俗成地插入亞芳愛麗絲跟艾菲娜爭論的鏡頭。愛麗絲會用人耳聽不見的波長將艾菲娜當成老人家（老太婆）看待——就是這種內容。

此外，女主角小櫻也會被做為控制元件被裝在機內。

為了不讓愛麗絲失控，她必須一直唱歌。

『你…………』

透過仁的聲音，艾倫察覺到他的心境。

『還真是，好好先生吶。』

打從心底湧現的失望——這種心情埋藏在仁的聲音裡。

艾倫瞪大紅眸。

『唔喔喔喔喔喔喔喔喔喔喔喔喔喔！』

艾倫使出真本領挑戰仁。

VII 最惡劣的劇本

二十點半・祕密研究設施。

老人們在五張診療臺上沉睡著，他們是自願參加漢尼拔最終實驗的高年赫奇薩，其中也有漢尼拔之妻・瑪莎的身影。

「讓妳等了三十年以上呢。」

漢尼拔換上手術服後，有如梳理般輕撫瑪莎的瀏海，接著對研究員們點點頭。

研究員們吊起事先準備好的點滴瓶，將點滴瓶的針插進受測者的手腕中。綠色液體從點滴瓶注入體內。

「現在 EIRUN CODE 正在奮戰呢，所以妳也要加油。」

漢尼拔單膝跪在瑪莎身旁，用力……用力地握住烙下刻印的右手。

沿岸地區第一防衛線。

瑞士軍經過重組後，於海邊再次展開迎擊。

戰車砲不停朝大海擊發，戰鬥機在海上飛翔。

受到戰車砲直擊，一架林肯機胸部凹陷，又有鋼鐵殘骸撒向大海。櫻之劍的登陸部隊被推回去了。

在海邊處，葵她們壓制著鄰人的進軍。

相當於支援機的兩具貝殼(shell)——其中一具冒出白煙。它遭受破壞，倒在沙灘上。

跟另一架支援機戰鬥的是星辰小隊三機。

貝殼(shell)組件的尺寸為十二公尺，跟正在戰鬥中的風神特裝型幾乎一樣大。失去頭部的山武機，以及失去右膝以下部位的大地機被壓在沙灘上。

貝殼(shell)組件不斷朝接地面釋出紅色熱線，每次發出光線，地面與機體之間縫隙就會噴出沙子。

貝殼(shell)組件背後出現巨大龜裂。

『奧爾森，拜託了！』

『決勝負吧啊啊啊！』

有如回應兩人呼喊般，奧爾森機高速滑行。已經失去右臂的它揚起沙塵高高躍起，襲向貝殼(shell)組件。

奧爾森機高高揮起左臂，將它塞進龜裂之中。

『左臂也……送你了！』

在組件內部——被塞進機械群的手臂舉起砲筒。奧爾森機將左臂插進敵人內部，就這樣發射剩下的榴彈。每射一發榴彈，支援機就會彈跳一次。

即使被劇烈搖晃，三機仍然用最大輸出功率壓制著貝殼。

擊入第四發榴彈時……貝殼(shell)組件變得一動也不動了。星辰小隊成功破壞了兩架悠陽支援機。

另一方面，悠陽的本體——女型人機——正繞過森林，單機朝研究所前進。鬼燈有如併肩奔馳般追擊著它。

『妳們！是不想變回人類嗎！』

『仁說那是禁忌的研究！既然如此我就要阻止它！』

雙方一邊滑行，一邊掀起激烈的劍戟戰。鬼燈的雙刀不斷狙擊悠陽的脖子，刀刃每次激烈對撞都會爆散出火花。

『連理由都不問是盲從嗎！那傢伙是神之類的東西嗎!?』

『盲從又是哪裡有錯了!?他把明天賜給了我們！給了我們能在今天活下去的力量！』

鬼燈跟悠陽的身高幾乎一樣。葵用技術與速度，漂亮地彌補了鬼燈與鄰人之間那讓人徒呼負負的輸出功率差距。炎鬼與太陽公主削去山脈表面，攀爬山崖。

「別把什麼都不做的神跟他一視同仁，臭小鬼！」

褐色美女・巴蕾娜皺起眉間。

「這個就叫做！放棄思考喔！歐巴桑！」

葵也有如猛獸般吼叫。

身穿駕駛員服的少年坐在座椅型駕駛艙內。是芭金耶莉的適任者——菲德雷・大網。

「這個有點不太妙吧。」

菲德雷浮現汗水如此笑道。他搔了搔臉頰，開始盤算要逃跑。

「飛鳥那傢伙有點做得太過火了吧。」

主螢幕上映照著芭金耶莉的戰騎裝護衛部隊的模樣，又有其中一架中彈融解了。駕駛艙區塊彈射而出，很倒楣地撞到同伴戰騎裝的臉龐。

『菲德雷大人！敵人的新機型正在狙擊芭金耶莉！』

護衛部隊女隊長梅莉・弗德中尉用語音通訊如此說道。

就在此時，炎彈穿過護衛部隊的空隙，朝芭金耶莉襲擊而來。炎彈撞上無形障壁後消失了。

「嗚喔！真是的，這個絕對就是那樣吧！真是敗給她了，仁先生不早點回來

嗎？」

芭金耶莉放大螢幕上的某一處，可以看見有機影以高速在熊熊燃燒的森林裡來回穿梭。菲德雷一句「真沒辦法吶」，很乾脆地死心了。

「梅莉醬，停止傳送吧。讓上島的部隊跟巴蕾娜的隊伍會合，剩下的事就交給巴蕾娜處理吧！在耶莉周圍飛來飛去會被擊落的，進防護罩裡避難吧。」

『菲德雷大人！如此一來登陸先遣部隊會孤立無援的！』

「不行，守住那邊損害會更大。我聞到味道了。」

菲德雷抽動鼻子，梅莉不再說話。

「感覺大概已經太遲了。仁拜託我的事情就是別造成多餘的損害，所以梅莉醬跟部下們都回去吧，不然通過傳送門回去好了。」

【危險氣味】——就是菲德雷擁有的異能。

菲德雷也跟葵等人一樣，被分類為無變化分類的赫奇薩。

菲德雷可以感覺到戰況的頹勢，具體而論就是鼻子會刺刺癢癢的。菲德雷很常用「氣味」來表現這種狀態。

芭金耶莉因其特性而被交付數萬兵力，而且仁下達的嚴令裡就有「覺得不妙就快逃」這句話在內。

『畢竟耶莉不擅長戰鬥呢！』

芭金耶莉周圍再次出現障壁，有如閃電般的光彩出現，大口徑狙擊彈頭被擋了下來。

『飛鳥！妳也再多放點水吧！』

敵人從死角朝這邊射擊，菲德雷不由得開口埋怨對方。

狙擊芭金耶莉的當然是格蘭沃爾干。

日向掃蕩完大部分的水面部隊後，開始著手將增援的元凶——鄰人無力化。格蘭沃爾干折疊長步槍，將萬花筒日冕變回普通形態。飛鳥在格蘭沃爾干內部敲打鍵盤，對芭金耶莉進行分析，眼鏡的鏡片反射著螢幕的背光燈。

『這邊也不行嗎!?伏見小姐！那個像是防護罩的東西不能想想辦法嗎！』

「因為是鄰人，所以有防止馬里斯攀到上面去的措施吧。不只是日冕砲，連一五四釐米彈都彈開了，真的超猛。」

『現在是佩服的時候嗎？要怎麼辦啊！』

飛鳥的螢幕上映照著展開在芭金耶莉周圍的球體狀力場。

「它這麼強大，如果一直展開著的話，就算羅布林卡引擎沒事，散熱器也會掛掉的。裝一堆冷卻裝置再按照順序輪替，感覺就是如此吧。那麼，冷卻時間應該會有空檔才對……唔！」

飛鳥按下輸入鍵，螢幕上顯示的分析結果為「二・八秒」。

「ＯＫ！那個防護罩收進去後再出現似乎要花二・八秒。用十號充飽電的火力，可以把那傢伙的裝甲當成衛生紙燒掉吶？」

視訊裡的月下與日向瞪圓雙眼，兩人露出挑戰般的笑容。

『……別問這種理所當然的問題！』

『就是說呀！』

兩人在畫面另一頭做出回應，飛鳥不服氣地躺倒在座椅上。

「其實就理想而論，應該要全自動進行就是了～。不得不依靠駕駛員這種不純物就是現代科技的極限嗎？真可悲吶………不過──！」

撐起身笑著說了一句「哎，算了！」後，飛鳥重新面向光學鍵盤。

『未來兵器先生！我要來讓你唉唉叫囉！』

『模組Ｃ─１！破壞加農砲！』

日向的聲音傳至外界，格蘭沃爾干的萬花筒日冕再次開始變形。

砲口巨大化，切換成有如火箭筒般的砲身。格蘭沃爾干將它扛上右肩，獨眼阿刺克涅為了狩獵芭金耶莉而展開行動──

芭金耶莉警戒水面，裡面傳出菲德雷的聲音。

『果然過來了！』

於西北方三十公里處現身的是鉛色阿刺克涅。格蘭沃爾干踹向海邊，著水……有如快艇般開始在海面上滑行。

『連水面戰都擅長，這也太犯規了吧！』

芭金耶莉的外殼連續射出飛彈，飛彈冒煙飛向正上方，在空中改變它的軌道。另一方面，戰騎裝護衛中隊有如要守護芭金耶莉般建構防護陣形，十三架戰騎裝開始展開齊射。

格蘭沃爾干翩翩地在海面滑行，以咫尺之差避開射線，並且在回避之際從背後射出熱誘彈。另一方面，芭金耶莉的飛彈在熱誘彈誘導下自爆了。格蘭的厚實裝甲彈開林肯機的槍彈，月下叫道：

『妳們！快放下護目鏡！連這邊都中招的話可就無言了！』

格蘭沃爾干往左又往右地避開護衛隊的彈幕。

『第三武器艙！艙門展開！閃光彈！請用全彈！』

『是的長官！』

格蘭沃爾干的肩部組件伸出發射孔，閃光彈從那兒接連射出。

閃光彈在部隊頭頂破裂，純白色光芒瞬間吃光周遭的景色。

格蘭沃爾干同時將萬花筒日冕對準芭金耶莉，榴彈從砲身中腹射出。榴彈撞上鄰人的防護罩爆炸了。

在變得一片雪白的景色中，只有格蘭沃爾干在水面滑行。

「好刺眼！」

另一方面，在芭金耶莉的駕駛艙內，菲德雷用手臂遮住臉龐。

『我說未來人（你們）啊，居然以**不被射中**為前提製造兵器是瘋了嗎？這就是我初次看到鄰人時冒出來的怨言呢。』

聲音傳至駕駛艙內，菲德雷立刻認出這是飛鳥的聲音。

『大家手牽手和和氣氣地殺馬里斯吧！就是因為採用這種偏頗的設計，才會像這樣陰溝裡翻船吶！』

菲德雷漸漸取回視野。望向旁邊後，他「噫！」地發出怪聲。

『陰險兔子，別射歪唷。』

『這可不是對我說的臺詞呢。』

是不曾耳聞的女性聲音，跟飛鳥一樣是講日語。然而這種聲音對菲德雷來說怎樣都行，他無意識地舉起雙手，然後露出苦笑。

「投降，總之別殺我吶。」

映照在駕駛艙螢幕上的是——

以上下顛倒的姿態舉著萬花筒日冕的格蘭沃爾干。火箭筒砲口生出令人聯想到太陽的橘紅色火球。

『鄰人，哎，就是這種東西嗎？』

飛鳥的聲音流瀉而過……萬花筒日冕以最高輸出功率被擊發。

「啊，我死了。」

菲德雷抵達了死心的境界。

然而，萬花筒日冕並未命中芭金耶莉。

炎柱貫穿、融解蝸牛殼，只有不斷請求增援的女教皇閘門遭到破壞。位於胸部的駕駛艙雖然艙門被融解，卻也是平安無事。

菲德雷在駕駛艙裡縮成一團，眼尾浮現淚水。

「還，還以為會鼠掉。」

格蘭沃爾干遲了一拍在海面著水。芭金耶莉周圍的護衛團雖然展開牽制射擊，卻沒有朝這邊追擊。駕駛艙裡的飛鳥眼神冰冷地望著芭金耶莉的殘骸，日向開口對這樣的飛鳥搭話。

『明明打倒了鄰人，看起來卻不怎麼開心呢？』

「……只是覺得就算擊潰支援用機體，也沒有什麼好自誇的罷了。」

同一時刻——北極。

艾菲娜被亞芳愛麗絲強制轉移。

艾倫用全力挑戰昔日戰友……然而那場戰鬥實在是過於一面倒了。

『仁，為……什麼？』

橫躺在凍土上的敗者——其身影早已變得今非昔比了。

腹部上開了一個大洞，全身損傷部位都閃爍著火花。

『稍微冷靜一點了嗎？配角？』

亞芳愛麗絲、也就是亞門特發出聲音。

俯視敗者的是**艾菲娜**這邊。

『愛麗絲究竟是……怎麼了？』

艾倫快哭出來的聲音流瀉而過，獲勝的人雖是艾倫，但本人卻無法理解。

心理戰是仁的拿手好戲，仁為了獲勝會不擇手段，因此艾倫自始至終都不聽仁的話語，用全力挑戰他。

如果自己輸掉的話，隊員們的心願就會被破壞，因此他拚了命地去求勝。

然而——

亞門特卻不做任何抵抗，只是一股腦地被艾菲娜痛毆。

是通訊系統故障嗎？亞門特播放仁的聲音時混雜著雜訊。

『你們被耍了，這全部都是聯合國軍的劇本。』

「艾、艾菲娜！」

艾倫用蒼白的表情向艾菲娜做確認。

『聲紋分析，獨裁者仁並未口吐虛言。』

駕駛艙內的艾倫大受衝擊，就像被別人用鐵鎚痛擊腦門似的。

『你們打算開啟的是潘朵拉的盒子，那項研究裡沒有救贖。』

艾倫的情感一口氣冷卻下來，柯夢菲亞變得沉靜，艾倫的頭髮與眼眸變回黑色。他半懇求地詢問仁：

「這是怎麼一回事……因為只要沒刻印，赫奇薩就能變回人類不是嗎？」

『你們誤會了刻印扮演的角色。盒子一旦打開……最後就會將絕望撒向全世界喔。我們就是為了阻止這件事，才打算搞垮瑞士的研究。』

艾倫感到眼前變得一片漆黑。

『聽好了，艾倫。一旦赫奇薩失去刻印——』

仁說出刻印的祕密，聽完那番話語後，艾倫如此心想。

錯的並非櫻之劍……而是 EIRUN CODE（我方）這邊。

登陸戰艦曉——艦橋。

紫貴戴著面具立於指揮區，紫貴全力阻止敵方登陸。

『母親啊，D地區鎮壓結束。』

「好！」

紫貴強而有力地點頭。她透過艾倫的存在，也做出仁跟動畫角色一模一樣的評論。

完全無敵的超人，不會露出絲毫破綻的合理主義者——仁這個主角就是這般人物。

即使戰力差距處於劣勢，我方仍跟那個主角的軍隊戰成平手，甚至還略占上風。然而，令人擔心的要素還沒被抹消。

紫貴將視線移向副螢幕，副螢幕映照出三方的戰況。

——狄絲特布倫正在大戰亞蒙，而且處於上風。

——鬼燈・炎一號正拚命阻止悠陽前往研究所。

然後是——

『喂大和！還不振作點！』

在有明那邊的武藏發出聲音，曉現在也跟有明以即時通訊連接著。映照在畫面上的是白銀武士跟橘色猿人。

「七扇！」

映照在畫面上的明星明顯處於劣勢。

瑞士屬孤島——鬧區。

曙丸描繪弧線，長大刀插在街道的廣場上。

兩機的攻防延伸至鬧區那邊。

猿王的腳踩扁美食區的攤位，光是一腳踩下就會揚起紅磚跟塵土。

『咕！咯啊！』

猿王吊起明星的脖子，明星的雙足緩緩離開地面。

就在此時，爆炸襲向猿王的背後。有民兵在背後的建築物屋頂上射擊ＲＰＧ火箭筒，大和立刻叫道：

『笨蛋！快躲起來！』

猿王的屁股伸出猴子尾巴，尾巴化為長鞭，斜向甩打建築物。屍體與鮮血連同瓦礫雨一同落下。

『仁有說過！這架猿王就是用明星的數據打造而成的！是多用途鄰人的最棒傑作！』

古斯塔夫亢奮的聲音響徹四周，勒住明星的力道變強了。

猿王並非毫髮無傷，它跟明星一樣被弄瞎一隻眼，胸部也出現凹陷冒出火花。受傷的猿人鄰人用右手抓住明星的頭部，打算要扭斷脖子似地開始使勁，明星的脖子開始出現怪聲音。

『大和．七扇，鄰人很不錯呢！是力量的象徵，也體現了真理！只要坐上它，至今為止深信不疑的真實都會全部翻轉。曾小家子氣地煩惱彈藥跟人力還有金錢的我真是愚不可及！』

明星脖子上的旁通管——其中一根——爆開斷掉了。

『放開我！你這隻臭猴子！』

明星作勢反抗，試圖抓住猿王的手腕。

『我每天都很開心呢！爽到受不了！心情就像是回到十多歲的時候喔！知道我搭乘它跟馬里斯戰鬥時，心裡在祈求著什麼嗎？』

『我又！沒問！』

明星用膝擊頂向猿王的胸部，猿王的腳踵再次踩破磚頭。然而即使如此，猿王仍然沒有放開明星。

『還不要死掉吶，再多出來一些，再讓我多殺一下……我變得會向那些早就看到膩的傢伙們打從心底祈求這種事情了。』

猿王的拇指破壞明星的嘴部組件，指頭伸進明星的嘴巴。

『從被食者的恐懼感得到解放，最後抵達的就是虐待狂的境界嗎！說出口都不會覺得丟臉嗎！你這個曾被稱作俄羅斯白獅的男人！』

猿王的眼部攝影機發出強光。一句『我！正在說話！』後，它將明星推倒在廣場上。激烈震動搖晃鬧區，廣場的地面出現龜裂。

『沒禮貌的小鬼！遊戲結束了，來把駕駛艙捏爆吧！』

古斯塔夫的怒吼撼動剩下的攤位帳篷。

『你跟這架實驗機體！你們的存在讓我感到掃興！看到你跟國王種的格鬥戰後，我痛切地感受到一件事……為何不是我跟那傢伙在戰鬥！』

猿王將明星壓在地上，用這個姿勢再次試圖扭斷明星的脖子。

『我想殺國王種吶！』

古斯塔夫的咆哮聲再次響徹整條街。

祕密研究設施——第一手術室。

漢尼拔有如祈禱般閉著雙眼，那隻手現在也緊握著妻子的右手。

「所長。」

研究員屬下忽然從背後拍肩。

「親愛的……被握得這麼用力會痛唷。」

屬下含淚發出聲音……之後妻子的聲音傳入耳中。

漢尼拔緩緩睜眼，那副光景映入眼簾後，他顫抖脣瓣。

眼鏡底下的眼尾擠出皺巴巴的紋路。

漢尼拔壓低聲音哭了起來。瑪莎清醒後將自己的手疊上漢尼拔的手。在瑪莎滿是皺紋的右手上——刻印已完全消失。

「真的是辛苦你了。」

「實驗……成功！」

屬下仰望天花板，眼眸帶淚如此告知。

下個瞬間，這間房內的所有研究員發出吼叫般的歡呼聲。

明星脖子上的動力旁通管又爆斷一根，明星的裝甲發出如同慘嚎般的刺耳金屬聲。

猿人試圖拿下首級——在它手中，明星的獨眼開始發出強光。

『囂張的是哪邊啊……都年紀一大把了，你這老頭！』

明星張開嘴巴，獨眼眼部攝影機裡的赤紅色彩變得更加強烈。

『無聊的排名競爭關我屁事啊，這種事去我看不到的地方搞好嗎……沒有比這個還煩人的東西了。』

明星猛然伸出手臂，像是劇烈碰撞般回抓猿王的臉龐。

『我可是用胃要穿孔的心情在思考赫奇薩的未來喔……為何來到這裡了還得陪歐斯底里的大叔玩耍啊！』

『這股力量是怎樣！』

明星緩緩拉近猿王的臉龐，同時撐起它的上半身。

『還有明星，你也該適可而止了。是要迷惘到何時？你可是英雄武藏的愛刀不是嗎？別讓本大爺失望過頭唷。』

明星抓住猿王的側腹，腹部裝甲出現裂痕，明星的五根手指插入腹部。

『那個色老頭可是用那個背部支撐著赫奇薩，支撐著極東喔……！而且明星可是整整贏了馬里斯五十年之久！』

明星完全撐起上半身，猿王從明星的脖子跟頭部上移開手。

『輸出功率又上升了？別比輸力氣了，猿王！』

猿王抓住明星的雙腕，試圖解開明星的拘束。

另一方面在駕駛艙裡，大和額上青筋爆現。

『才世代交替就早早吃下敗仗的話……不就像是我害的嗎！』

明星的驅動系統發出低吼，明星將猿王扛上肩，扣死它的脖子跟膝蓋，接著筆直地站起來。明星從正下方緊緊勒住猿王。

『……等一下，住手！』

猿王的腰部開始嘰嘰嘰地傳出金屬異響。

『而且你們似乎是誤會了，所以我要把話說在前面唷。』

大和發出冰冷無比的憤怒聲音。

『我不打算讓你們任何一人活著回去……因為你們對我擁有的東西下手了吶。』

大和腦海中浮現戀華受傷的模樣，明星的二頭肌高高隆起。

『你們是我的敵人！櫻之劍！』——猿王的背脊被折斷了。

猿人的上半身跟下半身緩緩在半空中飛舞，明星橫向伸出手，插在廣場上的曙丸收納至主人掌中。明星將太刀收至腰際……接著一口氣揮出。

『等——！』猿王上半身被縱向直劈一分為二。

明星將長大刀背到肩頭……緩緩回過頭。在身後，猿王的殘骸弄倒了兩棟歐風建築物。明星再次閉上張開的嘴巴。

『戀華的痛楚……應該不只是這樣吶。』

登陸戰艦曉——艦橋。

一名管制官向紫貴報告。

「九重會長！明星擊破4號機！如此一來只剩下兩架鄰人了！」

「立刻派明星去支援葵！」

就在紫貴打算向大和下令之際。

「九重會長！確認有新反應出現！……這是？」

另一名管制官察覺異變，螢幕上映照出發生反應的地方。

夜空映照在螢幕上，空無一物的空間出現龜裂，裂痕立刻變成洞穴。「不會吧」

紫貴感到一陣恐慌。

然而……從空間隧道現身的卻是艾菲娜。

「艾倫！……太好了。」

紫貴鬆一口氣似地用手按胸，此時立刻傳來艾倫的通訊。

艾倫開始訴說紫貴眾人壓根兒都沒想過的事情。

『兩軍！立刻中止戰鬥！停戰！』

「小鬼？」

雷鳥也難掩疑惑，艾倫悲痛的訴求響徹整個戰域。

『EIRUN CODE！放下槍！櫻之劍也是！我受仁所託，傳達停戰命令！立刻停止戰鬥啊啊啊啊！』

艾菲娜的駕駛艙映照出雷鳥的臉龐。

『小鬼！這究竟是怎麼一回事！』

艾倫臉上毫無半點從容，臉色發白、滿頭大汗地叫道：

「校長！我們中計了！不立刻停止實驗的話——！」

然而，艾倫的希望卻被擊碎，雷鳥親口表示實驗已經成功了。

祕密研究室——第一手術室。

「騙人的。」

漢尼拔腿軟跪地，手術室從天堂搖身一變化為地獄光景。

「呀啊！我不是食物！別咬……噗!!」

鮮血噴濺至漢尼拔的臉龐，暖暖的觸感讓他「噫！」的發出尖叫。

實驗室響起咀嚼聲——是咬下血肉、嚼食吞嚥的聲音。

漢尼拔牙關打顫，褲子上滲出水漬，小便在地板上擴散。
他抬頭仰望，在視線前方的是一隻士兵種正在啃咬研究員的頭。

「告訴我這是騙人的啊……**瑪莎**。」

實驗成功了，漢尼拔看見五名受測者的刻印都消失了。
然而沒過多久……受測者們就「變成馬里斯」了。
就在此時，研究室傳來微震，搖晃感漸漸變大。
『呀啊啊啊啊啊！』
鬼燈打破研究室的天花板，從天而降。
十七公尺的人型破壞寬敞的手術室，橫躺在地板上，一隻士兵種被落下的鬼燈捲入其中變成了墊背。撐起上半身後，鬼燈播放出葵的聲音。
『一直墜落到地底了嗎！……唔!?』
士兵種張開血盆大口撲向鬼燈，鬼燈用手中的小太刀斬斷那隻士兵種。
其他士兵種也發足奔向葵。
『為什麼！會有馬里斯！』
鬼燈用躺姿閃動兩次小太刀……又有三隻士兵種被斬殺。鬼燈發現漢尼拔附近還有一隻士兵種。

『博士！』

鬼燈高高舉起太刀，就這樣朝士兵種的頭頂揮落。

「葵……」

刀在千鈞一髮之際停下，鬼燈用日本刀抵住士兵種的眉間，就這樣停在原地。然後……葵發抖的聲音播放至外界。

『剛才的，聲音是……』

漢尼拔站在鬼燈前方，漢尼拔一邊哭一邊朝鬼燈大吼。

「她是妻子！是瑪莎！」

『……啥？等一！啥啊？』

葵狼狽不堪，鬼燈一動也不動。面對這樣的葵，漢尼拔再次出聲大喊「住手啊！」，然而——

士兵種的利爪貫穿漢尼拔的後腦勺，從口腔刺出。

變成屍體的漢尼拔被士兵種吊起。士兵種背對鬼燈蹲了下去，接著開始貪婪地吞食曾是丈夫之物。

「騙人……這種事絕對是騙人的。」

駕駛艙內的葵眼球顫抖。難以置信，她不願相信，那麼醜惡的士兵種（東西）居然就是自己最喜歡的瑪莎。駕駛艙忽然傳來劇震。

鬼燈自動投影出背後的影像。悠陽破壞天花板，降落在鬼燈身後。悠陽傳出巴蕾娜的聲音。

『是在幹麼啊！』

悠陽將它的脖子轉向士兵種，太陽穴伸出機關炮的槍口。

『女兒。』

就在此時，葵透過集音麥克風聽見瑪莎的低喃。

「嗚啊啊啊啊！」

鬼燈挺身保護士兵種，鬼燈的背部爆散出槍擊的火花。

《不是阿姨喔，是瑪莎唷。抱著肚子的大貓咪。》

鬼燈一回頭就立刻撿起刀，扔向在身後的悠陽。

『妳是在發什麼瘋啊！居然袒護馬里斯！』

悠陽用和服長袖彈飛刀刃。另一方面，鬼燈已經朝這邊突進。它用手環抱悠陽的腰部，試圖壓制住機體。

『那不是士兵種！是阿姨！她是阿姨啊啊啊！』

《不可以挑食唷，會變醜八怪的。》

鬼燈雙肩的噴射器噴出火，試圖將悠陽推出研究室。悠陽用腳跟翻起地板的鋼材，承受這個突進。

『啥啊!?妳是在說什麼啊！』

『我也不曉得！不過那個就是阿姨！所以別殺牠！』

葵拚命地懇求巴蕾娜，然而在鬼燈背後吃完東西的士兵種卻走向兩機。

『過來了！士兵種過來了！快放開！』

『我不要啊啊啊啊啊啊啊！』

鬼燈推倒悠陽，騎在上面朝悠陽的胸部揮下拳頭。鬼燈的機械手臂變形了，但鬼燈仍是高高揮起拳頭。

在這段期間內，士兵種爬上悠陽的腳，開始攀登鬼燈的背部。士兵種攀附在位於鬼燈背後的駕駛艙區塊上。

『嘖!!』

悠陽朝張開血盆大口的士兵種擊發頭部機關砲，士兵種的身軀在半空中化為破爛不堪的肉袋。葵在鬼燈的駕駛艙內目睹這幅光景。

「不要——」

累積在葵眼眶裡的淚水立刻滿溢而出。

《想要妳這樣的女兒呢。》

鬼燈朝被轟飛的士兵種……伸出右手。

跌落到地上的瞬間——士兵種確實說了這樣的話。

「可愛的，女兒。」

士兵種的身軀滾倒在地板上，留下一大灘黑色血池。

士兵種完全不動後……鬼燈傳出葵的尖叫聲。

『不要啊啊啊啊啊！！！』

在艾菲娜的駕駛艙內，艾倫從頭到尾目擊了葵她們的對話。

「居然會，這樣。」

艾倫抱著頭，瞪大雙眼輕聲低喃。

「到頭來又是這樣……仁才是對的嗎？」

在曉的艦橋上，紫貴丟掉面具，癱坐在地板上浮現淚水。

紫貴很珍惜地抱著有著刻印的右手。

看到那個影像後，所有人都領悟到一件事，領悟到赫奇薩消除刻印的意義——

「赫奇薩失去刻印……**就會變成馬里斯**。」

VIII 刻印

以艾倫的停戰命令為契機，激烈衝突停止了。櫻之劍離開瑞士島，戰鬥也就此落幕。

瑞士聯邦隱瞞了兩軍的衝突。不只是EIRUN CODE，就連瑞士聯邦都一樣，做夢都想不到會有這次的結果。

然而，仁擔憂的情況立刻就變成了現實。

最終實驗的畫面被某人播送至全世界。

赫奇薩失去刻印變成馬里斯，吞食人類的畫面——

影像的內容是在提出呼籲，表示赫奇薩是有多麼危險的存在，而且還在八小時內被翻譯成十二國語言上傳至網路，這無疑是組織性的活動。

雷鳥針對此一醜聞，對瑞士方提出激烈抗議。

實行犯無疑就是聯邦議會的歐莫斯副議長——瑞士聯邦公安部如此回答。

此事是瑞士那邊一手策劃的，目前也沒演變成EIRUN CODE會被問罪的事態，因此 EIRUN CODE 在事情鬧僵前就離開了印尼。

踏上歸途後，很快就過了將近五天。

二十點・登陸戰艦曉・船內。

在昏暗的房間裡只點著檯燈，艾倫獨自一人面對著自己房內的書桌。他用拇指跟食指揉了揉疲憊的眼頭。

艾倫一直擔心著的聯合國軍動向，朝最惡劣的方向轉了舵。

「赫奇薩與人類的全面衝突。」

昨天安全保障理事會發表聲明，表示要打倒櫻之劍。

現在世界各處都發生民眾暴動，也發生襲擊保管領土……高喊要殺掉赫奇薩的情況。而點燃這個導火線的就是——

「可惡！」

艾倫焦躁地發出叫聲。下意識地望向鏡子後，他猛然回神。做了深呼吸後，艾倫告誡自己。

「……現在自己變成這樣是要怎樣？」

隊員們的壓力絕非艾倫可以比擬的。

在那次作戰後，就有很多人悶悶不樂。耀眼無比的希望才剛展現，最惡劣的事實就被硬生生地擺到眼前，這種打擊根本難以估算。

在半路上雖然下令要眾人去休假，不過在這種狀況下就算有人在哪裡爆發不滿也不足為奇。赫奇薩從迫害對象變成了憎恨對象，全世界的人都開始高呼要殺掉赫奇薩，這一切都是一部分為政者的謀略造成的。

「有馬里斯這種大敵在眼前，為何不能攜手合作……現在不是人類起內訌的時候吧！」

艾倫緊握雙拳。

「果然……仁是對的。」

就算用理智維持住情感不讓它斷線，果然還是會不由得這樣想。打倒馬里斯前應該先——

「夏樹！夏樹夏樹！」

門被粗魯地亂敲一通，是賽蓮的聲音。艾倫切換意識，立刻走向門邊。從聲音判斷，他察覺到這是緊急事件。

「賽蓮，怎麼了？」

「葵跟月下！不好了！打成一團！」

在交流場所船內交誼廳那邊，葵跟月下正在大打出手。

奧爾森從後面架住月下，雖然人被壓制住，月下仍是有如連珠砲般大聲說道：

「真是死娘砲吶！都過幾天了還在那邊哭哭啼啼，哭哭啼啼的！看了真礙眼！要哭的話就躲去房間裡，用棉被蓋著頭自我安慰吧！」

「老大！冷靜！鼻血很不妙呢！要快點治療才行！」

月下的美貌全都被糟蹋了，鼻血將她的嘴邊弄得一片通紅，白色無袖背心也滴到血變得紅紅的。無袖背心上面也有靴子的腳印。

相對的，壓住葵的則是大地跟山武。

「是妳自己闖進房間把我拖出來的吧！自以為了不起、居高臨下的口氣！什麼叫身為隊長要做個了結啊！阿姨明明都死掉了說！意思是我連難過的資格都沒有嗎！」

葵一邊哭一邊說出一大串話。葵也渾身是傷，手臂上有許多瘀青，頭上也有腫包。聽到這番話語後，月下更加激動了。

「人家只不過是對妳好了幾天，就真以為變成母女了嗎？也太蠢了吧！想想自己的立場吧！難受的不只妳一個人喔！」

月下的話語讓葵瞬間靜止，然後有如爆開般大吼反嗆。

「那個人可是說想讓我這個**殺死所有家人的傢伙**當女兒喔！」

月下氣勢一弱，葵雙目含淚流下清淚，月下壓低視線發出咂舌聲。

「想哭的是我這邊……笨蛋。」

她用聽不見的聲音低喃，此時艾倫吸了一口氣進入交誼廳。

「還不住手嗎！」

大砲般的音量讓賽蓮嚇了一跳，大地等人反射性地做出立正姿勢。

艾倫來到現場後，兩人立刻收起拳頭。月下擦拭鼻血，葵有如逃避般從艾倫那邊錯開視線。

艾倫停在五人面前，賽蓮在他背後不知所措地望著兩人。

「亞賀沼，說明發生了什麼事。」

「是！於兩洞洞么，一之瀨、伍橋兩名隊長在此地發生口角！一之瀨隊長揍了伍橋隊長鼻子一拳，以此為開端演變成這種事態！」

「亞賀沼……隊、隊長！打人的確實是我這邊沒錯！不過真要說起來的話，還不是因為大姊頭語帶挑釁害的！」

葵有如投訴般如此說道，艾倫瞄了月下一眼出言質問。

「伍橋，是這樣子的嗎？」

「……如果前輩的小怨言聽起來像是這樣的話，那就是如此吧。嘖，完全止不住嘛。」

月下望向上方，用面紙捂著鼻子，奧爾森拿著一包面紙在旁邊照顧她。看到兩人的傷勢後，艾倫嘆了一口氣。

「兩人都要寫悔過書當作處罰。抵達明國前，提交四百字稿紙的手寫悔過書，張數一張就行了……發生太多事，大家都累了，現在先去休息吧。」

最後艾倫態度軟化，拉起葵的右腕。

「一之瀨由我來包紮，你們三人去看看伍橋的傷勢。」

「「是！」」

星辰小隊氣勢十足地回應，艾倫強硬地拉著葵的手臂打算離開現場。走出交誼廳時，他回過頭對月下說道：

「抱歉，都是我不中用害的。」

「……真的呢。」

月下有如遷怒般吐出此言。把溼毛布放上鼻子後，她再次仰望上方。

艾倫跟葵來到醫務室，賽蓮代替艾倫去向雷鳥提出報告。讓醫療船員暫時離開後，艾倫開始照顧葵。

在葵的手臂上纏好繃帶後，艾倫說道：

「這樣就行了。」

葵用鴨子坐姿坐在床上，垂著頭不發一語。

另一方面，艾倫則是豎起眉毛，重新坐到葵身邊。

「伍橋那傢伙，都變成那樣了還是很冷靜吶。」

「……我現在不想聽大姊頭的話題。」

「明明打得那麼激烈，妳臉上卻沒有半道傷口吧？」

被這麼一說葵才有所察覺，在臉上輕摸了幾下。葵變得更加垂頭喪氣，蹲坐在床上用膝蓋遮住臉。面對這樣的葵，艾倫溫柔地輕撫她的頭。

「現在大家都很累呢……所以妳也休息吧。」

葵沒做出回應。沉默了半晌後，她發出冷冰冰的聲音表示「為什麼？」

艾倫還以為是自己聽錯了。另一方面，葵揮開艾倫的手將他推飛。

「為什麼隊長能對我溫柔啊！」

艾倫瞪圓雙眼，葵雙眼盈滿淚水。

「我，可是馬里斯喔!?」

艾倫感到愕然，葵流下淚水高聲說道：

「表現得跟平常一樣，簡直像是什麼事都沒發生似的！不過，這種態度卻是騙人的！其實應該怕得要命才對！就算勉強自己對我溫柔，我也——！」

葵被賞了一巴掌。被打巴掌後，葵望向艾倫的臉龐才發現一件事。那張臉龐看起來正拚命壓抑著怒火。另一方面，艾倫擁住葵顫抖的肩膀……靜靜將她抱向身邊。

「沒有這種事吧，妳這混蛋。」

艾倫將葵的臉龐壓上胸膛，緊緊地裹住她。

「妳是我的部下，是重要的同伴，不是什麼馬里斯。馬里斯會這麼孱弱又發著抖嗎？心靈會發出吼聲流下淚嗎？」

「聽好了一之瀨。」艾倫有如告誡般如此說道。

「就算全世界的人都說妳是馬里斯，我還是會不斷大吼妳是人類。」

葵在艾倫懷中瞪大雙眼。

「如果有人想要欺負妳，那我就會痛扁對方。就算聲音啞掉手腕骨折，我也會去揍翻所有這樣講的人……這樣不行嗎？」

葵漸漸開始哭泣，那道哭聲愈變愈大。

「隊長！隊，長！」

「我會用自己的一切來幫助大家的……現在就相信我吧。」

艾倫有如下定決心般望向前方，葵像個孩子般哭泣著。

另一方面在醫務室外，賽蓮倚著門扉而立，賽蓮擔心地看著艾倫。

二十二點半・船內走廊。

把葵送回她自己的房間後，艾倫漫無目的地在艦內亂晃。

（明代表還在昏迷中……七扇也——）

《現在就讓我留在那傢伙身邊吧，拜託了。還有…………抱歉吶。》

戀華雖然保住性命，卻尚未脫離險境。大和日夜不休地看護，如今也待在她的身邊。

艾倫也數次前往紫貴的房間，但她卻不肯外出。幾天前艾倫撞見日向一邊哭一邊打電話，在那之後兩人就沒碰面了。大地他們雖然表現得很堅強，卻也承擔著龐大的心理壓力吧。

艾倫忽然停下腳步，一邊被懊悔鞭打狠虐，一邊將視線放上腳尖。

「我，我得振作才行！」

只有心情愈來愈煩躁。在這個節骨眼上，艾倫深切地感受到自己僅是一介士兵的事實。就算能殺敵，也無法拯救同伴的心靈。如果自己更強大的話——

「可惡！」

艾倫不由得口吐氣話，此時他感受背後有氣息。回頭一看，賽蓮正擔心地看著艾倫。艾倫立刻露出柔和表情。

「怎麼了？是睡不著嗎？」

被搭話後，賽蓮在附近找到自動販賣機的長椅。坐到那邊後，賽蓮輕輕拍了拍旁邊，艾倫露出苦笑坐到賽蓮旁邊。另一方面，看到艾倫硬擠出來的笑容後……賽蓮胸口一緊，將艾倫抱向自己的胸口。

艾倫的臉龐被埋進賽蓮有如氣球般的胸部裡。

「賽！賽蓮!?」

「夏樹也休息。」

賽蓮「好乖好乖」地輕撫艾倫的頭，艾倫感到害羞慌了起來。

「喂！我說妳啊！都說這種事——」

「夏樹很努力，比任何人都還要……所以不可以自責。」

艾倫不由得屏住呼吸……裝出來的笑容出現破綻，艾倫嘴巴緊閉，沉默不語。

「夏樹，在大家面前很努力。不過，在我面前不用努力也行。」

賽蓮用慈愛眼神包覆艾倫，艾倫用手環抱她的腰。

「我只是，想讓你們……變得幸福而已。可是，事情卻，變成這樣——」

每吐出一個字，情感也會跟著掉落。艾倫的聲音漸漸摻雜嗚咽聲。

「可是到頭來，我卻！我卻……傷害了，你們！」

艾倫哭了起來，賽蓮溫柔地緊擁他。她把艾倫的頭放上臉頰，輕輕拍打他的背部。

「我沒事的，只要有夏樹在身邊就夠了。所以……盡情大哭吧。」

艾倫有那麼一會兒變回了少年，為了能再次抬頭挺胸地邁出步伐。

直到艾倫停止哭泣前，賽蓮都片刻不離地待在他身邊。

那天深夜，艾倫獨自一人來到艦橋。他一邊吹著夜風，一邊打開紅色懷表。徽章懷表收到陌生線路傳來的通訊，艾倫可以猜到是誰打來的。咬緊牙根接起來後，對方立刻做出回應。

『解開世界真相的心情如何？講給我聽吧，配角。』

果不其然，傳來通訊的人是仁。仁挖苦地說道後，艾倫感到胸口變沉重。

「洩漏實驗畫面，新聞報導煽動民眾……意思是這一切都跟聯合國擬定的大綱一樣嗎？」

『……嗯嗯，令人困擾的是正是如此。』

艾倫情緒激動，頭髮跟眼眸變成赤紅色。

「以你之力！也沒辦法阻止嗎！」

艾倫明白這是在推脫責任，然而艾倫仍是對仁抱持著這種期待。可是，現實卻不斷朝壞的那一方演進。

『我想你們那邊應該也聽過了，有叛徒混進了聯邦議會。漢尼拔是上了那傢伙的當吧。聯合國非法流通實驗過程的側錄檔案，佯裝不知地向全世界洩漏真相。想不到那些傢伙會出此下策吶……關於刻印的祕密，他們已經有了一定程度的猜測，這樣想才正常嗎？』

「仁，告訴我……所謂的鄰人，所謂的赫奇薩究竟是什麼？」

『我現在沒空陪你鬼混……雖然想這樣講，不過──』

仁如此說道後，上空的空間就立刻裂開。亞門特撬開空間障壁，出現在曉的頭頂。艾倫闔上懷表，亞門特傳來仁的聲音。

『情況有變也是事實。』

曉的索敵照明燈亮起，甲板上立刻響起警報。來到艾倫前方後，亞門特伸出手掌。

『想聽就跟過來吧。』

艾倫毫無迷惘地搭上亞門特的掌心。

艾倫被帶到位於富士樹海地底的巨大人造設施。

那是埋遍灰色鋼材與電腦的寬敞場所。高科技設備加上數千規模的人員，是持有成堆物資與兵器的櫻之劍祕密基地。

艾倫進入格納庫卸貨口，在倉庫區走了好一會兒。

向右轉後，可以透過玻璃窺見兵器格納庫那邊的情況。

那兒似乎正在把戰騎裝搬進室內，國籍不同的人一起作業，艾倫仔細地觀察他們的手背。

看樣子裡面有許多人都不是赫奇薩。仁一邊走一邊說道：

「某人害我們忙得不可開交，大量採購著機體吶。還有，在這裡別自己四處走動。很多人因為先前那一戰對你懷恨在心。」

艾倫默默無語，心想「也是吶」。半路上他被幾名年輕將校跟女性狠瞪，會被陌生人怨恨到想要親手殺死——打仗就是這麼一回事。就職業性質而論，艾倫認為這件事避無可避。

走出倉庫區後，來到了像是居住區的地方。兩人搭電梯向上來到十樓，艾倫被帶到的房間是一個有著復古風格的書齋。

仁坐在一張看起來很舒適的社長椅上，並且說了句「自己找地方坐」。艾倫在進入自己眼簾的那張沙發上坐下，就在此時房門開啟。

拿茶具進門的人物令艾倫心生尷尬。

「睦見。」

端茶進門的人是顎，他身穿商用西裝，臉上戴著知性眼鏡。

他用看起來既像執事也像是祕書的舉止，在茶杯裡倒入大吉嶺紅茶。

「你也累了嗎？」

艾倫有如拒絕沉默般開口閒聊。雖然沒表現在臉上，無法徹底抹消的疲勞感還是會傳達出來的。顎皮笑肉不笑地加入一匙砂糖。

「有人害我整整兩天都沒睡覺，不過你就放寬心休息吧，艾倫‧巴扎特。有需要的話我也可以替你準備毛毯，我會找一條髒的帶過來的。」

艾倫有種自掘墳墓的心情。另一方面，顎把加了砂糖的杯子放到仁前方，旁邊也放了一條熱手巾。

「顎，維吉尼亞的出擊結束後，你也去休息吧。」

仁摘下墨鏡，將手伸向毛巾，顎說了句「瞭解」後就離開了房間。仁一邊擦臉，一邊開始說話。

「『赫奇薩是鄰人製造的』……這件事你也知道吶。」

艾倫的意識被拉回正題，艾倫嚴肅地點頭同意。

「鄰人就構造而論，並不是可以隨隨便便增產的東西。相較之下，只要不打倒皇后種。馬里斯就會無限增殖。不可能只憑數十架機體就阻止散布在世界各處的馬里斯，因此還需要一個戰略上的暗招。」

「……所以才有赫奇薩的嗎？」

這是七之叛亂時，人和揭露的鄰人祕密。

「沒錯，為了彌補鄰人在戰術上的缺點，必須撒下名為赫奇薩的『誘餌』。光就這個部分來說，赫奇薩看起來或許像是變成活祭品的人類吧。」

艾倫用消沉表情垂下雙肩，他想起與賽蓮初識那時的事。

「實際上我也這樣想，不過……並非如此吶。」

就算到了現在，賽蓮害怕哭叫、死命抓著牆壁不放的表情仍是歷歷在目。

「赫奇薩的刻印是防止他們馬里斯化的『限制器』。」

仁用鼻子發出嘆息。放下毛巾後，他拿起茶杯。

「二〇七一年……地球出現人會變成馬里斯的爆發性大流行病（pandemic），就是這個時代的人類稱之為末期者的馬里斯。我們則是一直稱之為『感染型』。」

艾倫也有被告知末期者的相關訊息。據說是艾倫從這個世界消失後，立刻出現的新種馬里斯。

「發生的原理類似植物。馬里斯散布的孢子菌會在適合的人體內著床，經過一段時間就會生長，爆發性地侵蝕細胞，最後挾持人體。」

仁一邊說道一邊拿下手套，向艾倫展示赫奇薩的刻印。

「不過只要變成赫奇薩就能防止這件事發生。這個刻印會隨時在體內分泌特殊疫苗，將試圖侵蝕細胞的孢子菌排出體外。」

「那麼，漢尼拔博士的研究是……」

「他誤以為這個疫苗是『元凶』吶。阻止它後孢子菌會傳遍全身上下，受測者就會變成馬里斯。這次的情況就是如此。」

仁重新戴好手套。

「鄰人只會把已受孢子菌毒害的人類變成赫奇薩，就是被感染型選為苗床的【馬里斯因子持有者】。」

艾倫忍不住想要抱住頭，自己居然產生了這種誤會。

「那麼意思就是……鄰人**幫助了**應該會變成馬里斯的人囉？」

然而不明就裡的赫奇薩，卻誤以為自己被當成活祭品。

「把鄰人傳送至這個時代的目的，不只是為了給予攻略皇后種的手段。這樣可以『拯救人命』兼『防止敵人增殖』……意思就是鄰人就像這場爆發性大流行（pandemic）的特效藥一樣。」

艾倫血氣衝上腦門，猛然拍桌大吼「既然如此為什麼！」木桌折裂，碎木飛舞。

「為什麼你不一開始就告訴我這件事呢！」

頭髮跟眼瞳都變成赤紅色的艾倫站起來。

「如果你一開始就相信我們！安排好合作體制的話，應該能防止這次的事態發生才對！」

「……對我們來說，刻印的祕密也是最高機密。」

仁厭煩地用食指向下比，做手勢要艾倫坐下。

艾倫憤慨地坐上沙發，然後仁靜靜地訴說起心聲。

「只要試著公開刻印的祕密，**事情就沒順利過呢**。」

人類被孢子菌毒害後，人體會被挾持變成馬里斯——換言之就是受害者。

然而就第三者的角度而言，看上去就像赫奇薩變身為馬里斯似的。這種刻板印象讓事情變得極端複雜，這會讓人們對「赫奇薩就是馬里斯」一事深信不疑。

「從過去的經驗得知，一旦知道刻印的祕密，人類就會攻擊赫奇薩，所以我們才祕密行事的……想不到這個時代的人類居然獨力查到祕密。只要時機成熟，我是打算告訴你這件事的。」

另一方面，艾倫豎起耳朵。他察覺到仁這種說法裡的不自然感。

（這口氣簡直像是……早就看過一切似的。）

「我判斷就算有了假設，他們也無法證實此事。不過，那些臭政客想把我們汙名化，被當成醜聞使用的下場就是這個吶。」

仁啟動光學畫面。

四片光學畫面上映照著暴徒湧進赫奇薩保管領土的模樣。

「我們之所以態度強硬試圖保護赫奇薩，也是為了要預防這種狀況。聯合國監視著 EIRUN CODE 的一舉一動，所以我們決定救完赫奇薩後再拉你們入伙。」

仁戴上墨鏡，有如虛脫般仰望天花板。

「我打算趁安保理盯上你們時，把全世界的赫奇薩都收到手邊……不過，我沒能拯救所有人。」

另一方面，艾倫為了確認另一件事而著手談論重大案件。

「……仁，抱歉我竊聽了你跟安全保障理事會總統們的對話。就是在歐洲決戰的那一天，你占領舊．聯合國總部大樓那時的對話。」

仁瞬間瞇起單眼，接著恍然大悟地錯開視線。

「……是使用了艾菲娜吶，那個動畫兵器真方便呢。」

「你那天說自己來自未來，鄰人也是從未來世界傳送過來的東西……那些話是真的嗎？」

「……讓你聽了這麼多內幕，事到如今也沒必要隱瞞了吧。」

仁含蓄地表示肯定，艾倫恍然大悟。這個世界並沒有足以開發出鄰人的科技，既然不是自己那個世界打造出來的兵器，認定是在其他地方製造的才正常。而且，仁還擁有進行時間移動的方法。

「櫻之劍如今正在世界各地奔走。即使如此，還是會失去許多同胞吧。現在發生的虐殺我也有錯，我會負起責任的。」

對艾倫來說，自責的心情並未消化。因為先不論理由，扣下扳機的人就是他自己。然而除了此事外，他又在意起另一件事。

艾倫的表情罩上陰霾。他一邊帶著不好的預感，一邊對新問題開刀。

「你說赫奇薩就是持有馬里斯因子的人類……那麼，鄰人又是？像你這樣擁有兩個刻印的赫奇薩，跟普通的赫奇薩有何不同？」

艾倫如此提問，卻能猜到這個問題的答案。或許他在心中祈求，希望自己猜錯也不定。

「因為馬里斯因子太強，**沒兩個**就壓制不住馬里斯化囉。」

仁此言一出，艾倫身軀倏地一震。顫抖傳至手腕，艾倫有如要壓住它似地緊抓自己的右腕。

「……那麼，鄰人…………果然就是——」

「你這方面的直覺不錯吶。」

「**【皇后種因子持有者】**。」

艾倫皺起眉心……重重地閉上眼皮。

「果然是……這樣子的嗎？」

艾倫想要哭泣，心裡只有一個念頭——那就是賽蓮的事。

「馬里斯之所以會襲擊赫奇薩，就是因為牠們會被赫奇薩排出體外的孢子菌吸引。關於這一點博士的見解無誤。馬里斯遇上彼此就會同類相食吧？這是那些傢伙維持種族存續的方式。只是將養分傳給更強大的個體罷了。」

A集團馬里斯碰上B集團馬里斯的話，就會頻繁發生互食現象——

「所謂的赫奇薩，就是被感染型選為苗床的存在，換言之就是『適合馬里斯的食材』。馬里斯本能地明白這件事，所以才會優先襲擊赫奇薩吶。適任者的被虐體質比普通赫奇薩還強也是因為這樣。能製造出皇后種的苗床……對那些傢伙來說，看起來果然會變成『頂級飼料』吶。」

艾倫覺得腦海裡的拼圖正不斷組合在一起。

「那像雙條那樣後天變成適任者的赫奇薩呢？聽說他們是被聯合國研究機構從赫奇薩變成適任者的喔？」

「幼生體群的馬里斯經過大量捕食取得經驗後，會成長為皇后種。跟那種情況一樣，只要人為地加強馬里斯因子，就有可能把赫奇薩變成適任者……相對的，變成受測體的赫奇薩會品嘗到地獄般的痛苦就是了。」

艾倫純粹地感到厭惡。愈是追根究柢，就愈是有殘酷的答案準備在那兒。

然而就算心靈拒絕，艾倫仍是受到使命感驅使。因為自己是為了瞭解所有真相才來到此處的。

「……適任者是『變成皇后種的人』。既然如此，鄰人在構造上也跟馬里斯有關聯吧？」

被如此問道後，仁微微瞥了一眼艾倫。那是不知道在思考什麼的表情。將視線移回牆壁後，仁開口說道：

「鄰人就前提而論，會選擇皇后種因子持有者當搭乘者。」

艾倫點點頭。只有適任者能操控鄰人，這就是這種機體難以運用的重要原因。

「雖然也有明星這種只能由普通赫奇薩搭乘的機體，不過這個另當別論，畢竟它是以放寬搭乘條件為目的而打造的機體吶。只不過明星的情況與其他放寬條件的機體不同，戰鬥力鶴立雞群……因此挑選駕駛時我們也有出手干預。」

「那麼睦見之所以幫忙七扇登錄——」

七之叛亂時，有發生大和在顎的協助下成功登錄明星的一段過去。

「顎的臥底任務中，也包括替明星挑選下一任適任者。因為冰室義塾裡不只有戰鬥特化的S級赫奇薩，也有好幾名特異點（progress）隸屬於此吶。之所以在托利頓號事件中救出一之瀨葵，也是預料她會進入義塾就讀才做出的判斷。」

托利頓號事件那晚，葵說幫助自己的是「黑色巨大機器人」跟「黑衣青年」。艾倫瞪大雙眼望向仁。

「那麼，救下一之瀨的謎樣駕駛員……就是你嗎？」

「回到正題吧。」

仁推進話題。

「如你所知，鄰人幾乎不接受適任者以外的人當搭乘者，其中也有像狄絲特布倫跟我的亞門特這樣條件更加嚴苛的機體。」

「？是的，這點我實在無法理解，為何你們要刻意讓鄰人的規格變得如此難以運用呢？」

艾倫說出疑惑後，仁露骨地變得不悅。

「誰喜歡這樣啊。」

單手撐住臉頰望向旁邊的仁……旋轉椅子正對艾倫。

「因為變成鄰人素材的**原料**不喜歡這樣。」

艾倫感到背脊竄過一股寒意。

「鄰人是將【抓到的皇后種兵器化】後的產物。」

艾倫蓋住嘴巴。謎一般的自我修復機能、無限的能源、眾多黑科技兵器——鄰人在構造上實在有太多地方酷似皇后種了。

「是這種、機關嗎！」

「不只是羅布林卡引擎，經過防腐處理的皇后種屍骸或是生體組件等等，有很多都挪用至鄰人身上。無視物理法則的各式黑科技兵器，也是借用馬里斯能力打造而成的吶。」

「無法增產的理由……就是這個嗎！」

「在『開發前期』中，我們致力於捕獲更強大的皇后種，藉此製造出擁有高度戰略性與戰鬥力的機體。不過在『開發後期』時，與馬里斯的戰鬥變得漫長迫使我們面臨鄰人不足的問題，因而改變策略降低運用門檻……鄰人的系統大致上可分成這兩類。」

仁朝艾倫做了一個V字型手勢。

「像狄絲特布倫跟處女座之淚就是開發前期型的代表性機體。雖然機體愈難運用戰鬥力就愈高，不過多數都會對駕駛員有所挑剔。然後從前期轉變至後期的過渡期中，做為開發後期原型機誕生出來的就是明星吶。」

艾倫在心中整理情報。然而，在整理的階段中他忽然察覺一事。

又有新的疑惑產生，艾倫用手遮住嘴邊，有如自言自語般低喃。

「可是……那就奇怪了。駕駛員條件愈是嚴苛，其運用愈是無法實現。就連狄絲特布倫也是發現賽蓮後才變得可以運用──」

艾倫臉色逐漸發白。

「因為隨便亂傳送的話，寶貴的機體就會被閒置嗎────！？！？」

艾倫感到愕然。

他心中浮現一個假設，那個假設背後潛藏著惡魔般的事實。

艾倫緩緩望向仁的臉龐。那副表情在轉眼間變得扭曲，就像胸口點燃起漆黑火焰似的。

「那麼，鄰人該不會就是……？」

「你這方面的直覺真的不錯。」

仁狠狠丟下話語。與其說是誇獎，表情更像在說艾倫很狂妄。

「沒錯。用魔術師舉例的話，用在它身上的皇后種，是這個時代還沒發現的罕見皇后種【要塞型】。做出來倒是還好，不過要駕駛它，就需要擁有要塞型因子的適任者……就是**後頸**也有刻印的赫奇薩吶。」

艾倫猛然揪住仁的胸口，滿臉凶相地把仁從椅子上拖起來。

「鄰人是從未來世界傳送過來的！你是這樣說的！那麼，那麼狄絲特布倫它──」

仁一邊被吊起胸口，一邊用冰冷聲音提問。

「不覺得很神奇嗎？鄰人在啟動的同時，就能從方圓一千公里內的人類中找出被孢子菌毒害的人，並且將對方變成赫奇薩唷？連抽血檢查都不用，就能知道對方的健康狀況……你覺得會有這麼方便的機能嗎？」

艾倫有如要發洩怒火般，口沫橫飛地大聲說道：

「只要把鄰人丟進目標皇后種產生的時期與場所，就能『阻止皇后種產生』，同時也能取得『鄰人的適任者』！」

「沒錯，是正確答案呢。鄰人在開發階段就搭載了『變成馬里斯的人類數據』，只要在鄰人索敵範圍內發現該對象，就會將對方變成赫奇薩。」

如此說道後，仁揮開艾倫的手臂，接著反過來揪住艾倫的胸口。

「就是對我們人類露出獠牙、**原本**是人類的那些人的數據吶……」

艾倫全身虛脫，唇瓣發顫目光失焦。

「那、那麼狄絲特布倫是……」

「是未來世界的**賽蓮汀娜・安格畢司**……最終的下場。」

艾倫的心墜入永恆黑暗遭到吞噬，仁用力推飛艾倫。

艾倫腳步虛浮，就這樣一屁股坐上沙發。他用發抖的右手捂住顫抖的眼球。

「這個世界要把那孩子……折磨到什麼程度才肯罷休啊！」

悲哀憤怒有如猛牛般開始肆虐，艾倫不斷反芻「為什麼」這個單字。

「為何要如此欺負、虐待那個孩子！她究竟是做了什麼！」

艾倫無法忍耐地踹飛桌子的殘骸。殘骸猛然撞上牆壁，這次真的完全壞掉了。

另一方面，仁只是默默無語地眺望著這樣的艾倫。

「也不全是壞事就是了。」

雖然被仁搭話，聲音卻完全沒進入耳中。艾倫激動無比，只覺得血液沸騰。

「你會被選上完全就是例外狀況……即使如此還是非認同不可，你這個【last code】召來了這種程度的變化。」

呼吸急促的艾倫緩緩抬起臉龐。

「這是什麼、意思？」

「以你的登場為契機，這個世界正顯著地往好的方向演變著。人類之間沒發生大戰，被害人口也還僅止於十億。我們取得了許多特異點(progress)，也完成了培育。第五世代(fifth season)機提早七年崛起，也在維持住太平洋戰線的情況下平定了歐洲。而且最重要的是——」

仁用左手包住右拳，瞪大墨鏡深處的雙眼。

「長久以來的心願，擊破國王種……只剩一隻，只要再殺一隻就能將死對手。」

艾倫眉宇罩上陰霾，仁用力展開雙臂轉向艾倫這邊。

「所以，我想要報答你的功勞。」

仁用談生意的口吻說道。

「接下來是用不著提及也行的事。就是『這烤肉串用了這種肉』……這種程度的無聊小事。不過只要聽了這件事你就會**變不幸**，就連烤肉串吃得很香甜的那些傢伙都一樣……就是這種對任何人都沒好處的真相。」

仁再次坐上社長椅，將長腿隨意往桌上一擺。

「這種差勁選項ＯＫ的話，我就替你加上去。即使如此，你還是想知道真相嗎？」

還有更慘烈的事實嗎——艾倫如此心想，或許還害怕了起來。

即使如此，艾倫還是點了頭。不知道一切再回去的話，就沒有過來這裡的意義了，而且這也是為了賽蓮跟同伴們……另一方面，仁輕輕嘆了氣。

「講起來會有點久喔。」

就這樣，仁開始告知沒有任何人知道的艾倫的祕密。

幕間

【玩偶・華爾茲・鎮魂曲 第二十二話〔倫音列瑟傳說〕

二〇六九年一月二十九日播映】

——動畫畫面播放——

宇宙空間被染成黃金色彩，如同大浪般的衝擊搖晃一艘宇宙戰艦。

『鶴來！快進來法拉莉卡裡面！維納戴德已經撐不住了！』

『母親大人。』

艦橋上映照出艾倫跟小不點菲娜的臉龐。雙馬尾眼鏡少女獨自一人留在舵輪室。是身穿橘色和服披著白色實驗衣、智商三百的天才科學家【鶴來博士】。是艾倫的青梅竹馬也是初戀之人，而且也是艾菲娜的開發者。

「艾菲娜，或許妳不想承認，不過沒有駕駛員比這個笨蛋更能引出妳的性能。就像神話裡倫音列瑟跟牧羊人是不可分割的一樣……艾菲娜（妳）也需要艾倫（那傢伙）喔。」

汗水令額頭發出光輝，艦橋裡迴響著避難警報的蜂鳴音（beep），紅光斷斷續續地照亮四周。

「現在不懂也沒關係。不過，你們是天造地設的一對唷……一定會互相需要的。因為——」

說到「因為」這邊，鶴來就閉上了嘴，悲傷地垂下視線。不過，她立刻又堅強地露出笑容望向艾倫那邊。

「艾倫，如果你變得無法重新振作……如果你的信念（任性）即將崩潰的話……就請先想起艾菲娜吧。」

『是在說什麼啊！妳也快點逃離吧！』

「不行，次元侵蝕太快，照這樣下去，所有人都會手牽手一起溶化在空間裡的。法拉莉卡的脫離時間、航道的狀況……至少也得再爭取四十八秒才行。」

鶴來敲打著艦橋控制面板上的鍵盤。

「為了拖延馮馮的侵蝕，必須從外部一秒插入七隻病毒程式才行……能做到這種事的天才就只有我了吧。」

鶴來的手指有如在鋼琴鍵盤上舞動般在控制面板上飛快地動著，眼鏡底下的眼眸忙碌地左右掃視。

「接著說剛才的事。如果有時間去關照全世界那一大堆連臉都沒看過的傢伙，就先以這世上只為了你一人揮拳的**女兒**為榮吧……你絕對不能在這孩子面前縮成一團唷。在重要的女兒面前，就算會痛就算難受，也必須咬緊牙根望向前方才行。」

鶴來靦腆一笑，眼眸含淚，紅暈上頰地對艾倫說道：

「完美爸爸的條件就是，總是把女兒的幸福放在心上，面對妻子任何時候都是方便好用的工具人……不然的話就會被拋棄的唷。」

『！？！？』

這是無法坦率的鶴來，用自己的方式拚命做出的告白。

「好了艾倫，去幫他們吧。拯救所有哭泣的人。」

畫面裡的艾倫眼眶含淚，無數大顆淚珠飄浮在駕駛艙內。

『鶴來！我！我一直對妳──！』

巨大戰鬥機【法拉莉卡】從維納戴德射出。鶴來眼含淚水，就這樣仰望上空。

「你們的適合度之所以無與倫比──就是因為艾菲娜是用我的人格為基礎設計而成的。你一定會喜歡上那傢伙的，雖然有點吃醋……不過是女兒的話，那就這樣吧。」

鶴來用充滿成就感的表情垂下臉龐，眼鏡滑落緩緩掉向地板。

「因為鶴來博士（倫音列瑟）……只愛著艾倫（牧羊人）。」

維納戴德漸漸融化在黃金色的宇宙空間中。鶴來的身軀也跟背景一樣溶入黃金色彩。浮現在鶴來腦海中的是，令人懷念的原始光景——

兒時的自己停止哭泣，兒時的他全身破破爛爛渾身是泥。

他拿在手中的是，兩人用來辦家家酒的……艾菲娜（洋娃娃）。

艾倫的淚之慟哭響徹四周。

『鶴來啊啊啊啊啊啊啊啊啊啊啊啊啊啊!!』

就這樣，十五歲的鶴來博士年紀輕輕地就離開了人世。

為了拯救艾倫（心愛之人）跟艾菲娜（愛女）。

紅色勇者與緋紅淑女——沒有她的死亡，這兩人的傳說就不會開始。

終章

四天後・船內格納庫。

「這就是冰室夏樹……我從仁口中聽到的所有事情。」

艾倫在艾菲娜的駕駛艙內說話，講話的對象是小不點菲娜。

艾倫坐在座位裡，小不點菲娜則是坐在他膝上。

EIRUN CODE已返回明國，艾倫再次向艾菲娜坦言從仁口中聽來的事情……**除了一部分的情報外**。

小不點菲娜手中握著艾倫的紅色懷表。

『我在徽章懷表的錄音檔案裡，發現有一部分遭到刪除的痕跡。』

「…………」

小不點菲娜在膝蓋上改變姿勢，她將手靠上艾倫的胸膛，抬頭仰望那張臉龐。

『閣下現在的臉龐，看起來和拋下我跟您離去的母親大人有點像。具體地說是表情肌的形狀就是了。』

艾倫用寂寞表情笑了笑。看到那副臉孔，小不點菲娜的表情一暗。

『我不會對您口吐虛言。這並非母親大人的程式（命令），而是本機搭載的ＡＩ經過思考後如此決定的。而且我認為您也沒對我做出虛假聲明的不誠實行為，所以……可以相信您吧？』

（啊啊，鶴來……妳當時就是這種心情嗎？）

艾倫愛憐地緊擁艾菲娜，那是只會對重要血親才會做出的擁抱。

「我跟妳，艾倫・巴扎特與艾菲娜・倫音列瑟。妳是在鶴來的愛情中誕生的、我們重要的女兒……這樣就夠了，這樣就行了不是嗎？」

『這個算不上是在回答問題。』

被這麼一說，艾倫在心裡回想起鶴來的話語。

《你絕對不能在這孩子面前縮成一團唷。在重要的女兒面前，就算會痛就算難受，也必須咬緊牙根望向前方才行。》

「嗯嗯……我答應妳，我不會對妳說謊的。」

被緊擁的艾菲娜耳飾瞬間發出藍光。艾菲娜睜大雙眼……然後很寂寞地垂下臉龐。她默默無語，用手環抱艾倫的背部。

「我絕對不會從妳眼前消失的。」

罪惡感的棘刺插進艾倫心中。

（原諒我吧，艾菲娜。這是我對妳說的第一個、也是最後一個謊言。）

謊話對艾菲娜的耳朵是行不通的，然而艾菲娜並未繼續提及此事。

冰室義塾・戰鬥科校舍——簡報室。

回到明國後，雷鳥召集了 EIRUN CODE 的核心成員。

遠征組賽蓮、紫貴、葵、月下、星辰小隊、日向、飛鳥，以及大和等十名。

留守組水久那、茜、田中，以及柔吳等四名——合計一共十四人，坐在會議圓桌旁。

位於上座的司令席上坐著雷鳥，武藏則是站在她旁邊。雷鳥等人正在觀看某個宣言發表的影片。映照在畫面上的人是加拿大首相賈斯汀・卡隆。

『吾等聯邦政府接受先前宣戰的安全保障理事會的要求，決定派遣我軍的聯合國軍。恐怖分子集團【櫻之劍】至此時此刻為止強襲了二百四十四處赫奇薩保管領土，不斷將赫奇薩放出牢籠……就算從現今的世界局勢判斷，這也是無法置之不理的嚴重事態。』

賈斯汀演講之際，仁的照片影像映照在畫面中，接著播放了那個上傳影片——赫奇薩變成馬里斯的瞬間。

『就像這個影片裡的畫面一樣，事情已經很明白了，赫奇薩就是末期者預備軍。

有鑑於這種危險性，對其進行徹底管理才是正確的做法，執行上有難度的話就必須殺——』

畫面突然被切斷，雷鳥關掉了電視。

「因此有十二個國家表明要加入聯合國……明明才過不到一星期的說。」

茜有如要抑制顫抖般抱住雙臂，前往參與此次作戰行動的成員們都垂頭喪氣。

紫貴連眼睛都沒眨一下，望著下方就這樣說道：

「我們至今為止究竟是為何而戰啊？」

從馬里斯的魔掌中守護、拯救人們，寄望將來人類能跟赫奇薩平等地攜手邁向前方。EIRUN CODE 就是為了成為兩者之間的橋梁而奮戰至今的。

一直深信會有那麼一天，然而卻——

「守護這些傢伙……有意義嗎？」

「紫貴，妳說得太過火了。」

紫貴有如撂狠話般如此說道後，雷鳥出言告誡。這是相當罕見的光景。以紫貴的發言為開端，其他隊員們也開始吐露心聲。

「我們跟櫻之劍會合比較好吧？你們看嘛，現在已經不是在那邊說什麼你是人、我是赫奇薩的時候了不是嗎？會被殺掉的唷？」山武如此說道。

「那些傢伙一連好幾天報導我們是怪物，沒義務替他們拚命吧？」

月下浮現凶惡笑容，然而葵卻對漸漸黑化的同伴們提出呼籲。

「大家先等等，聽一下隊長的意見吧？愈是這種時候愈是不能衝動行事，隊長不是很常這樣說嗎？」

然而，飛鳥卻用椅子弄出壓輾聲仰望天花板。

「可是艾倫到頭來也還是人類吧？我想某個聯合國加盟國應該會來挖角艾倫，或是向他開價吶。就像『赫奇薩已經沒指望了，來我們這裡』這樣。」

「那算啥啊……那麼，意思是艾倫隊長會背叛我們嗎？」

「呃，喂日向，別說這種離譜的話。」

「這種事沒人曉得不是嗎！因為到頭來不管是誰，最愛惜的都是自己！」

被柔吳提醒後，日向整個人歇斯底里起來，隊員們的羈絆也開始出現裂痕。宿儺跟水久那保持距離，冷眼監督著他們。

（喂喂喂水久那，這些傢伙沒問題嗎？）

（大家都變得破破爛爛了……雖然也不是不能體會這種心情啦。）

兩人在腦海裡對話。對水久那而言，刻印的祕密雖令他吃驚，不過到頭來只要不自行移除刻印就沒事了。接受事實來看，如今那個問題並沒有直接的關係。我方該如何行動、如何定下我方的路線才是當下應該要決定的事情。

（畢竟從未見過巴扎特隊長開會遲到吶。）

水久那望向至今仍是空位的艾倫的座席。賽蓮坐在旁邊，憂心忡忡地死盯著那個空位。水久那望向右邊，大地雙臂環胸沉默不語，說到大和，他眼神失焦，看起來心不在焉的樣子。

水久那露出困擾表情搔搔頭。就在此時，艾倫總算進入簡報室。一句「我遲到了！」向雷鳥行禮後，艾倫站到圓桌正面。

「隊長。」「夏樹。」

葵跟賽蓮露出鬆一口氣的表情。另一方面，艾倫則是用眼睛確認全員到齊。此時月下用帶刺的聲音對他提出質問。

「欸隊長……你跟仁・長門密會了吧？」

艾倫皺起眉頭，月下此言讓眾隊員發出躁動聲，右眼有如瞪視般望向雷鳥那邊。

「你對校長講過了，那我們呢？我還想說你是好溝通的人吶。」

月下那鋼鐵製的義手發出機械聲響。

「事到如今還祕而不宣的話，我們也會各種亂想的唷。」

被如此質問後，隊員們的視線漸漸集中至艾倫身上。在場所有人在未來世界裡都變成馬里斯了——這種話就算撕破嘴巴，艾倫當然也說不出口。

還有，賽蓮變成皇后種殺掉許多人的事實也是。仁的那番話語中，也包括賽蓮在最後被人們殺掉、被改造成狄絲特布倫的事情。

艾倫只對雷鳥還有武藏坦白一切，他們決定不向赫奇薩學生公開這個祕密。艾倫毅然決然地反駁月下。

「關於那件事已經變成禁止事項了，我無法親口告知諸位。」

月下發出咂舌聲望向雷鳥，雷鳥從嘴裡吐出煙霧，望向另一邊。

「……真會避重就輕。」

月下不滿地將椅背弄出咯嘰聲響，茜露出求救般的視線向艾倫報告。

「艾、艾倫先生，剛才播放了加拿大也要加入聯合國軍的新聞。」

艾倫皺起眉間說了句「是嗎」，接著立刻將視線望向紫貴。紫貴垂著臉龐望向下方，就像不願與艾倫面對面似的。

艾倫有如慰勞般對這樣的她露出笑容。

「九重，這樣真不像公私分明的妳，領帶要打好喔。」

紫貴沒把士官服穿整齊就出席了會議，醞釀出一股慵懶又有些頹廢的氛圍。紫貴無視艾倫後，葵有如叱責般說道：

「喂紫貴！隊長都開口了，好好照他說的去做啦！」

「……吵死了。」

紫貴用冷冰冰的視線瞪視葵，就在葵即將勃然大怒時，艾倫伸手制止了她，接著朝紫貴那邊走過去。艾倫來到身旁後，紫貴以為自己會被打而縮起身軀，然而艾倫卻是……彎下身軀與紫貴四目相交。

「九重，我就像這樣是個呆頭鵝。如果妳不肯說出口的話，有很多事情我都不懂……如果心有不滿就告訴我吧，我會努力改進的。」

艾倫露出成人般的微笑，紫貴只覺得這樣好狡猾。她不敢說實話，然而被這個人格馴養的心靈卻吐出真言。

「我怎麼會對你感到不滿呢。」

紫貴強忍隨時會哭出來的感覺說道：

「不過我是……馬里斯，所以你不用再對我這種東西——」

紫貴錯開的眼眸裡盈滿淚水，艾倫領悟到紫貴的心事了。她是在害怕，害怕自己是馬里斯而遭受拒絕。

艾倫也望向其他隊員們。大地跟月下、柔吳與口向，還有大和。眾人看起來都或多或少介意著艾倫對他們的看法。

「唉——」

艾倫誇張地嘆了一口氣，有如打壞現場氣氛般的行動令紫貴瞪圓雙眼。

艾倫再次屈身，將臉湊向紫貴。

「就某種意義來說，妳是最瞭解我的人……真心覺得我會因為這種事討厭、拒絕你們嗎？」

紫貴垂下臉龐喃喃低語「……不覺得」，艾倫露出苦笑。

「我一直很感謝你們，接納只不過是個異端者的我，跟隨我直到今日。我不可能討厭這樣子的你們，不是嗎？」

紫貴肩膀一震哭了起來，將額頭抵住艾倫的胸膛。

艾倫輕拍她的背部，這幅溫馨光景令現場氛圍變得和緩。以大地為首，好幾名隊員都放鬆了嘴角。

然而——還是有一人無法接受。

「催淚場景可以到此為止嗎？」

是月下。艾倫表情嚴肅地回過頭，月下有如挑釁般瞪視艾倫。

「你雖然想用漂亮話作總結，但我無法接受。既然你隱瞞重要關鍵不說，那我也無法在這種人底下作戰——」

「給我適可而止，別再撒嬌了！」

艾倫雷鳴般的叱喝聲響徹簡報室。星辰小隊反射性地挺直背脊，還在茫然失措的大和眼瞳寄宿生機。

「的確，你們正面臨著身分認同的危機吧！不過！大家認為如果我們在這裡停下腳步，事情會變成怎樣！只剩下我們能阻止赫奇薩與人類全面開戰了喔！」

「這、這種事已經跟我無——」

「我是在問妳要鬧彆扭到何時！」

艾倫的叱喝聲變成怒聲，為了將想法傳達給隊員們，艾倫開始訴說：

「仁可是幹勁十足！真的會……死很多人的！」

艾倫一邊說，一邊回想起仁的話語。

《知道後世發展最快速的是什麼技術嗎？是把屍體加工成食用肉品的技術唷。》

「他會把根絕馬里斯問題放在第一順位採取行動，將聯合國認定為達成此目的必須處理掉的障礙。該打倒的敵人明明是馬里斯才對，如今卻要有很多人流下鮮血了！」

《許多不同的人種逃進地底一百二十尺深的地下室後，會分配到屍肉補給品吶。不過逃進避難所的傢伙比其他人好多了……被留在外面的人不管是誰都瘦骨如柴，全是那種只要摸肚子就能抓住脊椎的傢伙。他們會挖土啃樹根喝水，如果有家人死掉，就會變成大家挪陣子的餐點。啃食哥哥或是妹妹的屍肉，最後被馬里斯吃掉死去。》

「全軍一旦發生衝突，人跟赫奇薩之間就會出現一道絕對無法填平的壕溝吧！如此一來就算馬里斯消失情況也還是相同！人與赫奇薩會不停鬥爭的喔！直到某一方死絕，或是屈從為止！」

《肚子好餓，不想死，救命啊。這個救贖就是從這種悲嘆開始的。》

「他也是真心想拯救人們的！只是排出優先順序而已！」

《所以我難掩喜色。人類像這樣小家子氣地挑戰我，在我至今為止見過的世界中從未目睹這般光景。我十萬四千六百七十九次的時次元跳躍終於開花結果了。》

艾倫有如要捏扁不安般緊握拳頭。只能放手一搏了，為此——

「我需要你們的力量！這一路上你們證明了這件事吧！小小火苗只要聚集在一起，就能化為巨大火焰！你們向我展示了這件事吧！就算是渺小又微不足道的一個人，也擁有改變世界的力量！」

《所以我只能帶著敬意擊潰對方吧。》

（不會讓你這樣做！怎麼能讓你得逞呢！）

「我再說一次！你們不是馬里斯！是被給予救世之力而進化的人類！而且也是我在這邊的世界最信任的十六人！」

月下懊悔地閉上嘴巴，用艾倫聽不見的聲音低喃「真狡猾」。

《我比任何人都想拯救這顆星球，但在那些傢伙眼中看起來卻像侵略者（invator）。形容得真妙，或許沒錯吧，因為我們的拯救也包括破壞現有權威在內。》

「計畫是……」

所有人的視線望向一方，那是一直保持沉默的大和丟出的話語。

「既然你這樣說，就應該有某種計畫吧？」

大和用認真的視線凝視艾倫，艾倫點頭表示「有的」。

《沒時間等那些傢伙意識改革了。既然如此就各司其職、各安其位吧。與許多人被馬里斯吞食，所有無形資產被馬里斯燒掉相比，這樣要好太多了。》

「我要從源頭斬斷……人與赫奇薩爭鬥的種子。」

艾倫此言之意——賽蓮、紫貴與田中、葵、大地、奧爾森、山武、日向與柔吳，以及飛鳥跟月下還有水久那跟大和，還有茜都大為驚愕。

「該，不會！」

「攻陷剩下的馬里斯群生地……ＭＩ01目標。」

艾倫用必死的覺悟握拳，只剩下這一招了。

《就算高估頂多也只有一百四十萬左右。既然如此，我就盡可能殘酷地殺掉他們吧。為了讓剩下來的四十九億五千八百六十萬人能夠壽終正寢。》

「用EIRUN CODE（我們）的全部拯救世界！是全部！要拯救所有人！是人類還是赫奇薩都無所謂！由我們親手終結這場悲哀的戰爭！」

語畢，艾倫望向賽蓮。同伴們立刻發出躁動聲。

艾倫下意識地染紅了他的眼瞳與頭髮。

（用我的一切，幫助妳。）

賽蓮不安地歪頭露出困惑表情，艾倫緊緊握拳。

（我絕對會打碎……妳變成皇后種的未來！）

FIN

後記

誠心感激您購買閱讀《Eirun Last Code》第八集。

不經意地拿起來閱讀的讀者，如果能這樣走去收銀臺的話，就能拯救一個快三十還未婚的輕小說作家，所以揪揪偶吧！

事情就是這樣，各位好久不見。我就是想被金髮巨乳擁抱的男人——東龍乃助。天菜是丹尼絲・米○妮女神跟喬丹・卡○女神。這種事怎樣都行呢。

這次也因為頁數限制，所以要快轉了，那麼立刻進入謝辭。

責編大人——東陷入低潮仍然可以像這樣在半年後出書，這都是責編大人的幫助使然，這次也讓您操心了！

MIKOTO大人・汐山大人——東覺得這次的行程表也趕到不行呢。即使如此，兩位還是像這樣替角色畫龍點睛，實在是感謝到爆炸。今年也能跟兩位吃一次飯就好了呢！

校稿大人・出版社相關人士——第八集像這樣平安無事地出刊了。總是或明或暗地盡心盡力支持本作，實在是感激不盡。

那麼，再次回到讀者這邊。

時光飛逝，《Eirun Last Code》——系列已經三週年了！

哇～～！鼓掌鼓掌！可喜可賀好開心呢呀吼！

這全是託每一名讀者大人的福。就是因為有各位購讀本作，東才能繼續創作自己最喜歡的故事，當一名輕小說作家。

全部都是託各位的福。總是承蒙各位的幫助，東真的是感激不盡。

是呢，像這樣持續了三年……不能說什麼事都沒發生。

這次於公於私都是麻煩不斷（汗）。

我又多了一個新的黑歷史，身心俱疲地寫作出書（泣）。

我憎恨了他人，心靈也因為令人感動落淚的溫情而得到救贖。東認為這些經驗一定會在自己心中融會貫通，成為今後創作的精髓。

哎呀——！如此一想作家真是有效率呢！對東這種挖舊傷寫故事的傢伙來說，這樣能直接得到好處。只要能多讓一個人開心變得有朝氣，那就一切就足夠了，所以東今天也一步一腳印地動著筆。

那麼那麼，系列作也即將收尾，衝進第二部後半段了。

如果順利穩當地進行下去，應該再兩集《Eirun Last Code》就能完結。如果各位能陪伴本系列作直到最後一刻，那將會是一介文字創作者最棒的喜悅！

那麼那麼，東下一集也會一筆入魂！為了多給予一人夢想、希望、感動、活力而努力精進！那麼各位，第九集再會了！

EIRUN LAST CODE

～自架空世界至戰場～

國家圖書館出版品預行編目資料

Eirun Last Code：自架空世界至戰場 / 東龍乃助作；梁恩嘉譯. -- 一版. -- 臺北市：城邦文化事業股份有限公司尖端出版：英屬蓋曼群島商家庭傳媒股份有限公司城邦分公司尖端出版發行, 2024.01-

冊；　公分

譯自：**エイルン・ラストコード：架空世界より戦場へ**

ISBN 978-626-377-502-2（第 8 冊：平裝）

861.57　　112019450

浮文字
Eirun Last Code ～自架空世界至戰場～ 8
（原名：エイルン・ラストコード ～架空世界より戰場へ～ 8）

著　　者／東龍乃助　繪　　者／Mikoto Akemi、汐山古埜武、貞松龍壱
執 行 長／陳君平　譯　　者／梁恩嘉　國際版權／黃令歡、高子甯、賴瑜妗
榮譽發行人／黃鎮隆　美術總監／沙雲佩　文字校對／施亞蒨
協　　理／洪琇菁　執行編輯／石書豪　內文排版／謝青秀
總 編 輯／呂尚燁　美術編輯／陳姿學

出　　版／城邦文化事業股份有限公司 尖端出版
台北市中山區民生東路二段一四一號十樓
電話：（〇二）二五〇〇－七六〇〇
傳真：（〇二）二五〇〇－二六八三
E-mail: 7novels@mail2.spp.com.tw

發　　行／英屬蓋曼群島商家庭傳媒股份有限公司城邦分公司 尖端出版
台北市中山區民生東路二段一四一號十樓
電話：（〇二）二五〇〇－七六〇〇（代表號）
傳真：（〇二）二五〇〇－一九七九

中彰投以北經銷／楨彥有限公司（含宜花東）
電話：（〇二）八九一九－三三六九
傳真：（〇二）八九一四－五五二四

雲嘉以南／智豐圖書有限公司
（嘉義公司）電話：（〇五）二三三－三八五二
傳真：（〇五）二三三－三八六三
（高雄公司）電話：（〇七）三七三－〇〇七九
傳真：（〇七）三七三－〇〇八七

香港經銷／一代匯集
香港九龍旺角塘尾道六十四號龍駒企業大廈十樓 B&D 室
電話：（八五二）二七八三－八一〇二
傳真：（八五二）二七八二－一五二九

新馬經銷／城邦（馬新）出版集團 Cite（M）Sdn. Bhd.
E-mail: cite@cite.com.my

法律顧問／王子文律師 元禾法律事務所
台北市羅斯福路三段三十七號十五樓

二〇二四年一月一版一刷

EIRUN LAST CODE~Kakuu Sekai Yori Senjou e~8
© Ryunosuke Azuma 2018
First published in Japan in 2018
by KADOKAWA CORPORATION, Tokyo.
Complex Chinese translation rights arranged with KADOKAWA CORPORATION, Tokyo.

■中文版■

郵購注意事項：
1.填妥劃撥單資料：帳號：50003021戶名：英屬蓋曼群島商家庭傳媒(股)公司城邦分公司。2.通信欄內註明訂購書名與冊數。3.劃撥金額低於500元，請加附掛號郵資50元。如劃撥日起 10～14日，仍未收到書時，請洽劃撥組。劃撥專線TEL：(03)312-4212 ・ FAX：(03)322-4621。E-mail：marketing@spp.com.tw